Conte d'asphalte

Anne Calife

Conte d'asphalte

ROMAN

Albin Michel

Exception faite du Chat botté,
du Petit Chaperon rouge *et autres contes,*
tous les personnages et anecdotes de ce roman
sont réels.

À mon père,

À tous ceux qui croient encore en l'homme.

« When you've got nothing,
you've got nothing to lose. »

Bob DYLAN

Je ne suis rien
Jamais je ne pourrai être rien
Je ne puis vouloir être rien
Cela étant dit, je porte en moi tous les rêves du monde.

Fernando PESSOA

Première partie

Vue des nuages, vue d'oiseau, c'est une ville moyenne avec le trait vert du fleuve, autour duquel s'attroupent maisons et ruelles, comme assoiffées.

Dans les eaux lentes se balancent les canards, des algues gonflent en été. Et, la nuit, les rats frottent leur queue contre les digues.

D'une ville on croit tout savoir, connaître, comprendre du haut de sa fenêtre. Pourtant, existent d'autres êtres mal connus : ni rats ni algues mais humains, ils vivent à mi-chemin entre l'algue, le rat et le vol du canard sauvage. Ce sont eux. Ceux de la rue.

Faim ? Non, je n'ai pas eu faim tout de suite, mais froid, oui, froid, aux mains surtout. Je marche, je marche depuis ce matin.

Au coin, le marché, ses oranges pleines, ses tomates rondes et rouges me sautent à la figure. Plus loin l'odeur caramélisée des gaufres, des pistaches de la foire.

Ce soir, je pourrais rentrer manger, dormir chez Isabelle, mais que lui dire : Tu m'héberges une nuit encore ? Et après ?

Elle a un mari, elle, mari dodu, mari cossu, qui va rentrer, alors que le mien... Je le savais, mais je n'y pensais pas vraiment.

Tous ces médicaments m'ont ôté la mémoire, je veux dire les souvenirs trop précis. D'ailleurs qu'a écrit Isabelle sur sa liste de courses ? Je ne me rappelle que le petit pot de crème fraîche.

C'est en franchissant le pont que le passé m'a fait signe.

Dans mon poncho en laine rouge, je sens les angles pointus, coupants, traverser la laine. De la poche sur le côté, je sors, oh, je l'avais oublié, l'un des sept fragments de l'assiette brisée, le plus petit, celui du centre. Sur la porcelaine se découpe la tête verte du canard, son œil jaune cerclé de noir qui me fixe.

Comment fait-on pour en arriver là ? À la rue ? semble-t-il dire.

En glissant, vilain petit canard, en glissant.

1

Glisser... déraper

Brûlante et savonneuse, l'eau glissait sur l'assiette, sur les plumes vertes et bleues du canard. Avec sa manie de collectionner les assiettes, je devais toujours faire la vaisselle à la main.

Cette assiette offerte par un client, il refusait de l'intégrer dans sa collection, la trouvant complètement kitch avec ses contes de fées. Pourtant c'était ma préférée : elle représentait toute mon enfance. Au centre, le Vilain Petit Canard, en ronde autour, les personnages des *Contes* de Perrault.

Deux heures qu'il était parti après avoir comme d'habitude expédié son déjeuner ; la cuisine avait encore le parfum du poivron grillé et de l'ail. Quelque part grésilla le téléphone. Quelque part j'entendis ces mots :

– Votre mari est mort.

L'impression que le sol de la cuisine, le carré blanc de la fenêtre au-dessus de l'évier penchaient tout à coup.

Pour ne pas glisser, je me raccrochai à la surface, désormais trop lisse, de l'émail mouillé.

L'assiette m'échappa des mains ; il me sembla voir sa chute au ralenti. Avec un cri de porcelaine brisée, elle s'ouvrit en triangles blancs telle une énorme fleur tropicale, un magnolia.

Non, je n'entendais plus rien, sauf cette voix qui répétait « accident » au bout du fil. Je ne sentais rien, sauf cette larme un peu froide, glisser, rouler le long de ma joue. Je ne voyais rien, hormis ma propre main demeurée vide, en l'air, énorme et rouge.

Le lendemain même de sa mort, ce maudit téléphone ne s'était plus arrêté de sonner. Avec horreur, j'appris que j'étais caution partout, dans la franchise de Peugeot, dans le bail commercial, dans je ne sais combien de prêts bancaires.

Plus âgé que moi, c'était lui qui s'occupait de ce qu'il appelait « les choses sales » : la graisse qui apportait l'argent, les clients. À lui l'extérieur ; à moi l'intérieur que je veloutais de mousseline, de broderies que mes mains semblaient faire toutes seules.

De façon étrange, l'enterrement me fit du bien. Mes mains trouvèrent les gestes, mes pieds les déplacements. L'accident l'avait tellement défiguré qu'on m'interdit d'aller le voir à la morgue.

Dans juillet brûlant, les cyprès dessinaient des traits noirs contre le blanc des tombes. J'avais touché la plaque tombale brûlante. Ce n'était pas lui que j'enterrais, mais un autre. Venue d'Alger, sa mère hoquetait, suffoquait de tellement de larmes, que moi-même je ne pouvais pas pleurer.

Le soir, sans comprendre, j'étais retournée voir sa tombe fraîchement creusée, la pierre était froide. Impossible. Sa peau pailletée, sa voix rocailleuse ne pouvaient se trouver sous cette pierre tantôt brûlante, tantôt glaciale. Lui, il était toujours identique à lui-même. Toujours là, avec moi.

En automne, quand j'y repense, je n'avais toujours pas réalisé qu'il était mort. Je m'imaginais qu'il allait rentrer le soir. Verre, couteau, fourchette, l'une de ses assiettes de collection : tous les soirs, je mettais son couvert face au mien, ces gestes demeurant reliés à nous.

Le jour, les souvenirs ne se manifestaient pas trop, enveloppés dans une membrane tissée d'habitudes. Mais la nuit, venait le pire. Le noir semblait éclairer mon deuil.

Depuis toute petite, j'ai toujours eu peur de l'obscurité. Pour m'endormir, il m'avait acheté des veilleuses bleues d'enfant dont j'avais parsemé le couloir. Lorsque je ne l'entendais plus ronfler, je le secouais pour qu'il chuchote ou qu'il grogne, tout embué de sommeil : « Dors petite fille, dors. » Nous n'avions pas eu d'enfant, la petite fille, ce devait être moi.

Sans lui, les nuits me terrorisaient. Le moindre craquement dans l'obscurité rétractait mes nerfs, et je devais allumer toutes les lumières de l'appartement.

Une nuit de septembre, à force de chercher sa peau dans le lit trop grand, une pile de livres dégringola sur les draps et je retrouvai celui que j'avais acheté aux puces, un vieux recueil de contes de fées avec des gravures sur fond jaune. Je voulais juste répéter cette phrase de mon enfance : « S'il te plaît, raconte-moi une histoire ! »

Je me souviens que, plein de bonne volonté, il commença alors *Le Petit Poucet*, son accent pied-noir claquant tous les *p* rencontrés. Le noir terrible de la forêt recouvrait les sept frères perdus ; au fond, tout au fond, derrière la forêt qui se tordait, brillait la maison de l'ogre. Moi, nez dans son pyjama, respirant son odeur de bois blanc et de beurre salé, je n'avais même pas peur.

Je ne sais pourquoi, mais les *Contes de ma mère l'Oye* semblaient l'endormir lui-même. Quelques minutes plus tard, il sombrait, ronflant sur le dos. Son métier de garagiste l'épuisait et il avait dix ans de plus que moi.

Tombé de l'étagère, le livre demeurait grand ouvert sur une gravure du Petit Poucet. Ouvert comme une plaie sur la misère qui force les parents à abandonner leurs enfants.

Voilà, c'est ça, il m'avait abandonnée aussi, me laissant seule, sans rien. Je ne pleurais même pas, je lui en voulais juste d'avoir voulu aller si vite pour dépanner un client.

Devant le vaisselier, les larmes commencèrent à rouler, silencieuses. Je revoyais son bleu se découper contre le chêne, ses mains noires de cambouis prendre doucement une assiette, la mirer à la lumière, comme s'il se fût agi d'un œuf. L'une d'entre elles avait même conservé l'empreinte de son pouce gras, demi-lune noire sur la porcelaine.

Ce fut cette nuit-là que je reconstituai tant bien que mal les sept fragments, en cercle. Autour du Vilain Petit Canard, six personnages de contes de fées se donnaient la main. Les cailloux du Petit Poucet se transformaient en miettes de pain que les oiseaux dévoraient. Un Chat botté enthousiaste et ses souples bottes fauves remplaçaient la forêt. Je m'étais recouchée apaisée, comme si une certaine logique allait être respectée. L'histoire finirait bien.

Ça glissait de plus en plus. Je me raccrochais à tout ce qui passait pour que cela s'arrête de pencher. J'avais déposé un dossier de surendettement à la Banque de France, mis le garage en vente, licencié les deux employés.

Prélevé par les impôts, les caisses, la TVA, le bail, les fournisseurs, l'argent fondait. Plus je me débattais, plus je dérapais.

Jamais je n'avais reçu autant de courrier. Le banquier m'écrivait tous les jours. J'empilais les « à payer » puis renonçai à ouvrir les enveloppes. Elles formaient un grand tas blanc, un cygne, me dis-je, ou bien le départ des cigognes. J'aurais bien ouvert la fenêtre pour que tout s'envole.

En automne, il fallut déposer le bilan, renoncer à la vente du garage. Le tribunal de commerce nomma un liquidateur judiciaire. Tous les comptes bloqués, plus de liquide ; il me restait quelques économies, un livret à la poste. Juste de quoi me nourrir. Tout coûtait, tout se barrait de chiffres. Hébétée, ne comprenant plus rien, j'errais de magasin en magasin, du moins cher au moins cher, transportant des sacs en plastique. Je ne me nourrissais que de pain, de pâté, de chocolat. On eût dit que moins je possédais, plus ce que j'achetais se chargeait de graisse.

Pourtant beaucoup de gens m'aidèrent. Autrefois, j'avais travaillé comme couturière. Tout l'immeuble me donna des retouches à faire, la vieille dame du rez-de-chaussée me confia une rose écarlate à broder. Mes doigts tiraient l'aiguille sur le fil mais mon esprit ne suivait pas. Je piquais du rouge dans le ciel, du vert dans la terre.

La voisine de palier, Sylvie, une aide-soignante au sourire plein de dents, aux yeux pleins de franchise et de révolte – l'un n'allant pas sans l'autre – nous aimait beaucoup, mon mari et moi ; il lui avait réparé gratuitement sa vieille Lancia. Tous les soirs, en revenant de l'hôpital, elle passait me voir. Elle me forçait à avaler quelques bouchées, faisait un peu de ménage, me ramenait quelques courses.

Elle m'avait conseillé de vendre la collection d'assiettes, bien entendu. Le commissaire-priseur aurait pu en tirer un bon prix, mais justement, je les connaissais ces salles des ventes, chargées de morts, d'héritages et de convoitises poussiéreuses. Je crois que j'avais plus peur encore de perdre sa collection que de perdre mon logement.

Un soir, Sylvie me trouva toutes lumières allumées, en pleurs. Je la suppliai de ne pas éteindre et de me raconter la fin du *Petit Poucet.* Dans la forêt noire vont-ils retrouver leurs parents ?

Elle fit venir un médecin qui me prescrivit des gélules censées m'aider. Les souvenirs se détachèrent, flottant comme le marronnier là, dans le square, qui perdait par bouffées jaunes ses feuilles.

Peu à peu, j'oubliai l'emplacement des souvenirs et des objets. Sa voix rugueuse et prenante, sa chaleur, la nuit, contre moi, tout cela aussi s'effaça. Je perdis définitivement le livre de contes de fées.

2

Lâcher

Hiver.

Glissade, dérobade.

Le gel durcissait la terre, le verglas recouvrait les routes. L'électricité fut coupée, puis rétablie, jamais su pourquoi. Sylvie m'avoua que le propriétaire m'avait privée d'eau chaude pour me forcer à partir. Il ne pouvait me mettre dehors avant mars, avant que ne reviennent cigognes et canards. Je n'avais pas payé le loyer depuis deux mois, ça ne pouvait pas durer longtemps...

Yeux jaunes de l'huissier, ceux du forsythia derrière les branches hérissées et noires. C'était un homme grand, avec d'énormes sourcils noirs, un complet élimé, un air de lassitude, d'habitude du malheur.

Très poliment, il me remit l'avis d'expulsion. La télé, le frigo, le micro-ondes, tout cela parut animé de pattes, de pieds, dans les escaliers pour être avalé par une camionnette blanche.

Pourtant, seule entre les murs et les plafonds vides,

sonores, j'étais assez contente de moi : s'ils avaient emporté le majestueux vaisselier, j'avais réussi à envelopper chacune de ses assiettes dans du papier de soie, rassemblé tous mes souvenirs, lettres, photos, tableaux, toute ma vie dans trois cartons, guère plus. Et Sylvie m'avait aidée à les entreposer dans la cave où personne ne se rendait.

Le jour prévu de l'expulsion, je mis le poncho en laine rouge que ma mère m'avait tricoté. C'était comme ses mains posées en ailes protectrices sur des moignons d'épaules.

Sur ma bonne tête, Sylvie m'avait trouvé un emploi d'agent spécialisé des hôpitaux, et Isabelle, une amie d'enfance, était prête à m'héberger.

Au retour, je trouvai ma porte d'entrée bloquée : on avait changé les serrures. J'étais à la porte de chez moi ! Je descendis vite les marches pour aller à la cave. Dans l'ombre, dans l'humidité, je la trouvai... vide ! Vide ? Non ! Je courus sonner au rez-de-chaussée.

– À la déchetterie, me dit le concierge, sortant juste sa tête rougeaude. Tout jeté ! dit-il, comme s'il s'agissait d'une évidence.

Puis il referma sa fenêtre, tira les rideaux d'un coup sec.

Jetée sa porcelaine pure, claire, jetées les lettres de ma mère, jetées nos photos, jetées mes dentelles. Tout jeté et moi avec.

Là, je compris qu'il n'existait plus. Je m'assis sur le sol dans l'humide des larmes et le sombre de la cave. Mort, il était. Morte, j'étais.

En moi, quelque chose se brisa d'un seul coup. C'est en une seconde précise qu'on coupe, qu'on lâche.

Ce n'est ni la spirale ni l'engrenage, tout ce que disent les autres. Non, c'est un *tac* d'arrêt de vie, de volonté ; un arrêt cardiaque, une fleur tranchée.

Le rendez-vous avec Sylvie, Isabelle qui m'attendait là-bas... tout cela flottait au loin, sans consistance. Pourtant, derrière la porte de la cave, on cognait, cognait.

– Ouvre, ouvre ! criait Sylvie, ouvre !

Puis le bruit s'arrêta.

Derrière la porte, la ville grondait, s'ouvrait comme une plaie qui ne cicatriserait jamais plus.

Quelque chose crissa sous mon pied. À terre luisait l'assiette en morceaux, sept pétales blancs dans le noir. Ne me restait plus que ça, cinq, six, sept morceaux d'assiette, cinq, six, sept contes de fées. Je les tournai dans un sens, puis dans un autre, les mis dans mon poncho rouge.

Quand je sortis, il faisait déjà nuit.

Isabelle n'habitait pas très loin, mais le trajet me parut immense. Je franchis des ponts et encore des ponts.

– Bien sûr, bien sûr, tu peux dormir là, dit Isabelle d'une voix mal assurée.

Les enfants étaient dans leur bain, son mari en déplacement. Je dérangeais. Chez elle, ça sentait l'oignon, la tomate et surtout le parmesan chaud ; ils avaient mangé des cannellonis.

– Tu en veux ? proposa-t-elle. Il m'en reste un peu.

Je me jetai sur le plat, un peu trop avidement peut-être.

– Tiens, prends ma crème caramel, dit la petite Sido qui connaissait mon goût pour le sucré. Sido avait le même regard qu'Isabelle – yeux un peu rapprochés, en biais – qui lui donnait un air de loucheuse distraite.

Lui et moi n'avions même pas eu d'enfant, ce miroir de chair neuve qui aurait porté sa peau pailletée, ses yeux noirs.

Je dormis sur un canapé-lit déplié à la hâte. Sido vint me dire bonne nuit dans le salon ; sur la joue, elle m'assena un baiser vif et froid. Son pyjama de velours jaune rayé de noir la déguisait en grosse guêpe. Oh, les rayures, c'est doux, c'est bon, ça rappelle les pyjamas en pilou, les histoires chaudes qu'on raconte aux berges des lits.

Informe et mou, le matelas était comme moi, avec de grands trous et des ressorts cassés qui me piquèrent toute la nuit. Il sentait un fond de tabac froid et d'huile de friture.

Dès six heures, levée avec eux, très gênée, j'aidai Isabelle à habiller les enfants, à mettre les corn-flakes dans les bols bleus. Je renfilai mon pantalon, ma culotte de la veille que j'avais lavée mais qui était encore mouillée. Je portais sur moi la même odeur que celle d'hier ; je ne voyais pas du tout quelle forme prendrait l'avenir.

Isabelle rentrerait tard après 18 heures, une réunion. Elle me fit sortir avec elle. Ça m'avait énervée de devoir attendre dehors jusque-là, je ne lui devais rien, elle non plus. Pourquoi ne pas me laisser chez elle ? C'est vrai, j'aurais pu lui poser la question, mais je n'en avais plus la force.

Avant de refermer la porte, elle me lança un regard compatissant et mou, un de ceux qu'on lance à ceux qui vont être fusillés dans les minutes qui suivent.

Puis elle me tendit une liste de courses : crème fraîche, pain, raviolis, avec un billet bleu. La monnaie, je pouvais la garder. Merci, il fallait dire.

– Ça te changera les idées, dit-elle.

Comme si on pouvait se changer les idées, quand plus une seule pensée ne faisait tenir droit.

Deux euros dépensés pour des sucres d'orge roses et blancs aussitôt regrettés. Une humidité grasse monte du fleuve, mouillant pavés et passants. J'aurais dû acheter une barquette de frites, quelque chose de consistant.

Je me retrouve sur un pont, encore. Dans l'eau, je vois le vent qui souffle, secouant les reflets blancs du cerisier en fleur. Je fouille mes poches, je viens de perdre la liste de courses et l'argent. Je ne possède plus qu'un poncho rouge et la sensation de cette chape sur mes épaules, chaude, étrangement vivante.

Soudain, au bout, tout au bout de moi, dans cette

pulpe de doigt un peu charnue, la porcelaine a piqué. De quarante ans de vie, ne me reste que ça, une assiette brisée. La porcelaine, pure et blanche, c'était lui ; les personnages de contes de fées, mon enfance, c'était ma mère, sa voix éraillée par les cigarettes. Ma mère est morte. Lui aussi.

J'ai lâché, j'en ai pleine conscience. Je sais que j'ai décroché. Plus rien ne me retient. Ni l'œil rond du Vilain Petit Canard ni la chevelure blonde de la Belle au Bois Dormant.

Par-dessus le pont, je me penche. En bas, l'écluse s'ouvre lentement, les eaux tourbillonnent, deviennent blanches, mousseuses.

Pourquoi est-ce que l'eau me semble si proche soudain ? Le printemps qui a fait monter le fleuve ou moi qui me penche, me penche ? Si je chute, je serai emportée par le déchaînement blanc, le même que celui sur les arbres en fleurs, le même que la porcelaine, toute cette porcelaine disparue.

Soudain le vent a emporté mon poncho dans le vide. Un bouton doré a capté un éclat de soleil, lancé comme un dernier défi. Une voix monte de sous le pont :

– Quelqu'un a perdu quelque chose.

3

Marcher... se perdre

« Quelqu'un », « quelque chose » m'a fait réagir : cinq mètres plus bas, sous le pont, un visage féminin se lève vers moi. Dans ses yeux apparaît un éclat bleu, fugitif, le même que celui du ciel qui se renverse dans le fleuve.

La voix grimpe, plus énervée :

– Qui c'est qui m'envoie un gilet rouge sur la gueule ? Descends le chercher !

C'est une drôle de femme qui me désigne les escaliers longeant la pile du pont. Je descends les marches puis m'arrête à mi-chemin. Elle n'est pas seule, je recule.

Qui sont ceux qui l'entourent, leurs cheveux plaqués en mèches, leurs habits sales et ces piercings partout sur le nez, la langue ?

– Mais c'est le Petit Chaperon rouge, avec son poncho rouge, et son panier ! dit une voix éraillée par les cigarettes.

Sans m'en rendre compte, j'ai emporté le panier en plastique rouge de l'épicerie.

– Le Petit Chaperon rouge ?

Je la dévisage avec attention. Petite, très maigre, elle porte un caleçon noir, un tee-shirt bleu et des ballerines. Drôle de mélange : corps d'enfant, yeux de femme dans un visage boursouflé d'homme qui boit trop.

Pétrifiée, j'ai répondu d'une seule traite :

– J'ai tout oublié... Je devais acheter un petit pot de crème fraîche.

Je m'arrête de parler car les larmes roulent sur mes joues.

– En plus, j'ai perdu l'argent, dis-je.

Elle grimpe les marches, me prend la main, une main bien plus petite que la mienne, toute noire. Lui aussi portait ce noir, celui du cambouis sur les mains.

– Comment tu t'appelles ?

C'est la première fois qu'on me demande mon prénom. Jusque-là, j'étais Mme veuve X.

– Pierrette, dis-je.

Éraflée, écornée par les cigarettes, sa voix monte, descend sur les syllabes, créant une vieille mélopée qui remonte, remonte le temps. Ma mère avait exactement la même.

– T'as du feu, Poucette ?

– Non, réponds-je, à la fois pour dire que je ne fume pas, et que je ne m'appelle pas Poucette.

– Moi, c'est Papillon, mais on m'appelle Pap.

Papillon arrache un briquet à un homme tassé dans

un manteau, tête enfouie sous un bonnet bleu avec une grosse étiquette Décathlon. Il grogne, ouvre une bouche édentée :

– Vive de Gaulle ! gueule-t-il.

Il pose sur moi des yeux vitreux, qui semblent ne pas me voir, tend une main, je recule.

– N'aie pas peur, c'est Salah.

– Vive la France ! gueule-t-il encore.

– T'inquiète, reprend-elle, il est de bonne humeur, aujourd'hui. C'est quand il dit « Nique la France » que ça n'va plus !

Papillon égrène du tabac sur une feuille, puis jure :

– Putain, chaque fois que je roule une clope, y a du vent. Parfois ils me disent : Pap ne roule pas de cigarette, ça va faire du vent. Je déteste le vent.

– Moi, c'est le noir, dis-je.

Elle me sourit avec un énorme trou noir au centre ; il lui manque deux dents devant.

– Mes enfants aussi avaient peur de s'endormir. Alors je leur racontais des histoires.

Autour de moi, ça s'agite, ça crie, s'insulte, mais personne ne fait attention à moi. Un petit, avec les cheveux en brosse, de gros yeux jaunes qui laissent passer des choses bizarres, donne à Salah un sac en plastique contenant une bouteille de rouge.

– Norredine, tu parles d'un musulman ! lance Pap.

– Le vin oui, oui, mais le cochon... Sur la tête de ma mère, jamais Pap, jamais ! répond Norredine.

À « Vive de Gaulle », Pap a pris un autre sac en

plastique transparent. Plus tard, je saurai que c'est justement ce plastique qui trahit l'homme à la rue.

– Invendus, Poucette : une galette de beurre pour mère-grand, un chausson aux pommes pour le P'tit Chaperon rouge.

J'ai faim, je n'ai mangé que des sucres d'orge depuis ce matin. Pourtant, je ne regarde ni à ma gauche ni à ma droite, tant j'ai peur de ceux qui m'entourent.

Seule chose à peu près acceptable sous ce pont : les minuscules boules noires et jaunes des canetons. Et j'y accroche mon regard pour oublier les canettes de bière, les mégots et les papiers gras.

J'ai soif mais rien à boire, hormis toutes ces bouteilles de vin qui dépassent des sacs en plastique. L'homme sous le bonnet, comme s'il comprenait, me tend une canette de bière que je refuse. Il secoue la tête de gauche à droite comme une marionnette, se renfonce dans son immense manteau trop grand pour lui, en baragouinant des paroles mi-françaises, mi-arabes. Cet accent rocailleux et méditerranéen, je l'ai aussitôt reconnu.

– Pourquoi est-il là ?

– C'est un harki. La France et l'Algérie l'ont abandonné, répond Papillon en se roulant une autre cigarette. Et tu vois, ceux autour de lui le respectent et le protègent.

– Pourquoi ?

– Mais parce qu'il est le plus âgé, Poucette. Putain ce vent ! râle-t-elle en voyant son tabac s'envoler.

Et je regarde une fois de plus ses mains, bien plus petites que ne l'étaient les siennes, mais tout aussi noires.

Sous ce pont, il me semble croiser partout des choses connues. Exactement comme cette impression d'avoir déjà vu une scène, ou de l'avoir rêvée.

– T'es à la rue ? demande-t-elle en tirant sur sa cigarette roulée.

– Non, ai-je répondu, plaçant mes yeux au loin, sur un cygne qui s'éloigne.

– Je vais te donner des adresses. Mais ce n'est pas à côté, à l'autre bout de la ville.

Elle ouvre un sac, en tire une boîte noire et dorée, jure : « Non, ça c'est mes cartes, 'tain, où il s'trouve », enfin extirpe avec un air triomphant un calepin froissé et un stylo mauve.

– Et pour le petit pot de crème fraîche...

Elle m'a donné le même billet qu'Isabelle.

– Et vous ?

– T'inquiète, j'ai déjà mon tabac, ma recharge téléphonique. Si tu veux me revoir, je suis souvent ici, près de l'écluse.

Par acquit de conscience, je suis repassée devant chez Isabelle. La sonnette avait la même température que l'air extérieur, glaciale. J'ai sonné deux coups, même pas la force d'appuyer une troisième fois, puis j'ai laissé sur le seuil l'attirail du Petit Chaperon rouge, panier, petit pot de crème fraîche. Et je marche. Encore.

La rue, on commence à la toucher par les pieds. Parce qu'il faut marcher sans cesse.

Rues, ruelles parcourues forment un seul fil qui se déroule sous mes pas douloureux, un fil qui se dévide sans fin, comme ce fleuve qui coulera toujours dans le même sens.

Le sang cogne dans le cuir, dans les chaussures. Mes pieds grossissent, grossissent, paraissent aussi gros que les genoux, que les cuisses, prenant plus de place que tout le reste. Et puis je suis tombée, là, dans une flaque de boue.

Relevée, mains crottées, ne sachant qu'en faire. Marche encore. Bien aise qu'il ne pleuve pas. De toute façon, je n'ai pas le choix. Cinq kilomètres enchevêtrés, pour aller au CCAS[1] ; là on m'a donné une adresse pour aller dormir.

Juste sur la plaque d'égout, un homme couché ; seuls ses pieds dépassent avec une bouteille de vin de la même taille que ses grosses chaussures déchirées. La différence entre lui et moi est énorme et, en même temps, il n'y en a pas.

Quartier inconnu. De sa fenêtre on croit tout connaître. Je lève les yeux vers le ciel, suis le ruban bleu entre les immeubles comme le Petit Poucet suivrait les cailloux blancs.

1. Centre communal d'action sociale.

Le ruban bleu s'amincit, diminue de plus en plus. Où suis-je ? Le Petit Poucet est perdu, le ciel s'assombrit. Les murs se resserrent, se pressent, je respire difficilement. Les étages s'élèvent formant une forêt noire de branches crochues.

Derrière un pilier a surgi une silhouette tubulaire, rangers, collant noir.

– Ah, vous m'avez fait peur, dis-je en me demandant qui est encore cette étrange créature bardée de cuir et de métal ; un chien noir et or l'accompagne.

– Qu'est-c'tu cherches ?

Une cicatrice rose et boursouflée, juste à côté de son nez, m'oblige à détourner le regard.

– Tu veux quoi ? Bouffer ou dormir ? C'est pas au même endroit, dit-elle en tirant sur la laisse de son chien qui me renifle le pantalon.

Le son de ma propre voix me fait sursauter ; cela faisait plusieurs heures que je ne l'avais pas entendu.

– Dormir.

– C'est à l'opposé. De l'autre côté du fleuve.

Et elle m'a donné sa main, toute noire, encore. Combien de mètres m'a-t-elle remorquée, derrière ses bottes en cuir ?

Comme le Petit Poucet, il m'a semblé entendre l'eau dégringoler des branches, les loups hurler. Puis les troncs s'écartent ; au-dessus apparaît le ciel : une clairière, ai-je pensé.

C'est ici. Le foyer se trouve dans cet ancien couvent,

percé de minuscules fenêtres. Je n'ose pas lui demander mais j'aimerais bien qu'elle vienne avec moi.

Dans les eaux vertes se reflètent le clocher et une gargouille qui tire la langue. Avec son instinct d'animal, elle semble avoir compris :

– Mon enfance, je l'ai passée dans tous les foyers de la DDASS. Alors, jamais, tu entends, jamais je ne foutrai les pieds là-dedans. Et ma chienne, qu'est-c' j'en ferais ? dit-elle en tirant la langue comme la gargouille.

– Sam, ajoute-t-elle comme un adieu.

Elle s'éloigne, haute, fière sur ses rangers, suivie de l'éclat doré de son chien.

15 heures, et le foyer n'ouvre qu'à sept heures du soir. Il faut s'inscrire avant quatre heures, sinon, plus de place. Une dame avec des lunettes en demi-lunes au bout d'une chaînette dorée m'a enregistrée.

Devant les grilles, une dizaine de femmes attendent encore, silhouettes silencieuses avec à leurs pieds, une valise noire. On dirait une salle d'attente d'aéroport mais sans avions.

Attendre : pire que marcher. L'attente, c'est le rien, l'absence de direction, la réduction aux pieds enflammés.

Vingt ans à peine, voilée de noir, elle chantonne en lançant les jambes contre le muret. J'ai interrompu son balancement pour lui demander où se trouvait le restaurant.

D'abord, elle ôte son foulard ; apparaît son casque de walkman qui grésille. Sous le coton, un visage clair et frais, comme de la porcelaine, ai-je pensé.

– Manger ? répond-elle sans cesser de se balancer, là-bas, là-bas...

Encore au bout d'une forêt, je préfère rester ici. Je lui ai donné un bonbon rayé rose et blanc comme sa jeunesse. Elle m'a souri faiblement tout en le serrant précieusement dans sa trousse de maquillage.

– Merci, je le garde pour ce soir, a-t-elle murmuré, s'abritant derrière une haie de cils noirs. C'est le ramadan, vous comprenez ?

Oui, je comprends surtout qu'elle ressemble à une antilope prise au piège. Moi, j'ai le double de son âge, mais elle ? Je voudrais lui dire : « Va-t'en, file, galope ! » Mais pour aller où ? Elle m'a déjà oubliée, a remis son casque, le noir du foulard par-dessus.

Enfin, les grilles s'ouvrent. À la queue leu leu jusqu'au dortoir, dans un sous-sol chargé de missels et d'humidité. Dix lits par pièce. Pas une bouffée d'air, pas un centimètre de nuit à soi.

Toutes les femmes se déshabillent en silence, et vite. Les gestes s'enchaînent, semblent appris, répétés. Le drap est troué de brûlures de cigarettes, le coussin sent un fond de lavande artificielle et de chou.

J'ai choisi un lit qui n'est pas dans l'obscurité complète, près d'une fenêtre. En me haussant sur la pointe des pieds, je peux toucher le plafond.

À quelques centimètres de moi, une dame d'une soixantaine d'années. Dans son visage brillent des yeux d'un éclat noir et fixe. Très lentement, elle a déposé au pied de son lit un écriteau en carton : LICENCIÉE DE CHEZ THOMSON, PLUS DE CHÔMAGE, UNE PETITE PIÈCE, MERCI. Puis elle attache, pourquoi ? ses chaussures au pied de son lit :

– Pour qu'on ne te les vole pas ! répond-elle.

Mi-grises, mi-blanches, des mèches dépassent de son bonnet noir. J'ai remarqué son alliance :

– Et votre mari ? ai-je demandé comme on demanderait le Bon Dieu. Elle tourne vers moi de grands yeux d'oiseau nocturne ouverts sur son vide, sur sa nuit.

– L'est parti avec une plus jeune, plus de travail. Voilà.

Ma question était nigaude : le Bon Dieu n'existe pas.

La lumière s'éteint. Presque enterrée, la fenêtre laisse filtrer une lune mince comme un ongle. Découpée au niveau de la serrure – pour observer celles qui pourraient s'enfermer pour se droguer – la porte des toilettes laisse passer un rai de lumière jaune et rassurant. Contre le noir des paupières, je vois filer une plume, blanche. Une plume de cygne, peut-être.

Six heures. Réveillées avec une cuillère frappée contre un broc en métal.

À la seconde même où la plante des pieds a touché le carrelage glacé, je me demande : Où dormirai-je ce soir ?

Pain et confiture, petit déjeuner silencieux d'ombres tassées, puis hop, dehors. Ça a l'air d'être une nouvelle règle ; j'ai compris qu'on nous prenait et qu'on nous rejetait à des heures précises. Femmes à la rue, rien d'autre que des déchets, des poubelles qu'on sortait toutes aux même heures.

Très vite, j'ai obtenu l'adresse du vestiaire. Bien plus vite que par une assistante sociale. À la rue, tout vibre plus vite ; les informations circulent à une autre vitesse, celle de l'urgence.

– Et pour les laver ? ai-je demandé.

Ça a fait rire tout le monde.

– Les laver ? Quand tu verras ce qu'on te donne, t'auras pas envie de les laver. Quand c'est sale, tu jettes !

Effectivement, près du vestiaire se trouvait une grande benne pleine de vêtements. Pulls, jupes, pantalons de couleurs hurlantes : vert, orange, exactement ce que personne ne peut, n'ose plus porter. La première chose à changer, ce sont mes chaussures, mais ces imitations Reebok avec des bandes rouges, je n'en veux pas.

– Non merci, dis-je.

– Toutes les nuits sont froides, même en mai, dit la bénévole qui vient de me donner ce pull jaune vif. Des bénévoles, je ne me rappelle plus les visages. Ils semblent programmés pour délivrer la même quantité de sourire à tout le monde.

– Demande un sac de couchage, ils en ont encore, chuchote une jeune femme avec des mitaines noires.

– Pour faire quoi ?

– S'il n'y a plus de place en hébergement.

– Ah.

C'était presque un « ah » de satisfaction. Je n'avais même pas songé à cette éventualité ; ma vie me paraît aussi fragile que ce pull en acrylique, prêt à se déchirer. Allons-y pour un sac de couchage : joli, neuf et bleu nuit.

Où mettre tout ça ? Dans un vieux sac de foot à porter en bandoulière.

– Attention aux vols, répète la bénévole. On ne remplace pas les sacs de couchage volés.

Pour les douches municipales, prendre le boulevard, tourner au pont à droite, puis deux fois à gauche. Si je veux du savon, une brosse à dents, là-bas, l'association Je-ne-sais-plus-quoi.

Sans cesse, je m'entends dire « merci-s'cusez-moi-pardon ». Des visages passent, volent au-dessus de moi. Du shampooing merci, une serviette merci, un rouleau de papier hygiénique encore merci. Le sac s'alourdit. À présent, je marche et je porte. La rue c'est ça : tout porter, pour marcher vers rien et n'attendre plus rien.

Ce sera ma septième nuit sans histoires, sans Chaperon rouge ni Barbe-Bleue. Sept jours sans lâcher ce maudit sac, sous peine d'être volée.

L'après-midi, je vais nourrir les canards avec les restes des morceaux de pain. On dirait même qu'ils me reconnaissent en me voyant arriver avec mon sac plastique chargé de quignons. Oui, ils accourent en bandes serrées bleues et vertes, vite dépassés par les cygnes plus costauds.

Je m'attarde souvent, parce que je cherche près de l'écluse celle qui racontait des histoires à ses enfants. J'ai juste revu Salah, sa bande, leurs visages chiffonnés qui semblent dessinés n'importe comment à grands coups de peinture.

– Z'avez pas vu Papillon ? je demande aux cygnes.

Le cygne me regarde de côté, petits yeux enfoncés, noirs sur son gros bec rouge. Non, il n'a pas vu Papillon.

Aujourd'hui a eu lieu l'entrevue pour « faire le point » sur ma situation. Dirigée par une certaine Élisabeth, grand front lumineux, chignon flamboyant au-dessus. Je la devine pleine de bonne volonté, d'anges et de Bon Dieu à mon égard.

Ce que je veux faire ? Rien. Ou, plutôt si, écouter des histoires, des contes de fées, mais c'est difficile à dire. Alors j'ai montré mes doigts, les agitant en l'air, et je réponds à tout hasard, parce qu'il faut bien répondre dans ces moments-là :

– Broder, coudre.

D'abord, elle a eu l'air ravie. Puis elle a hoché son front pur d'église et a commencé à m'expliquer les règles de la vie en communauté : apprendre à partager, à se respecter, et tout et tout.

En plus, dit-elle en tripotant sa croix en bois, il paraît que « j'ai de la chance » car il y a de la place en été. Dès l'automne, il faudra, n'est-ce pas, faire plus d'efforts, débarrasser après les repas, fréquenter la chapelle, respecter les horaires, plutôt que d'aller nourrir les oiseaux ou ramasser des cailloux au bord du fleuve.

J'émiette un bout de pain dans ma poche. Si je savais m'exprimer aussi bien qu'elle, je répondrais qu'on ne peut circonscrire la souffrance à des règles, des horaires ; la souffrance c'est immense, ça déborde de partout. La douleur a besoin d'espace pour se diluer.

Envie de partir, envie de ciel et d'ailes.

Un vent, un petit vent frais qui annonce la nuit saisit aux épaules, serre la pointe des seins. Et je marche, vite, de plus en plus vite. Pour oublier tous ces visages gris, leurs yeux surtout, allant, venant en tous sens, des yeux qui se rétractent, comme ceux des bêtes traquées.

On ne devrait pas rassembler autant de souffrances dans quelques mètres carrés : elles se démultiplient, rejaillissent les unes sur les autres. Il faudrait nous isoler les unes des autres. Il faudrait toutes nous mettre dans des lits à baldaquin, des berceaux brodés.

Avant l'écluse, le fleuve s'élargit, s'étale sur une plage de galets blancs. À cet endroit, les eaux ralentissent et deviennent sensuelles, féminines, si versatiles qu'elles peuvent gonfler très vite et atteindre le tablier du pont – comme l'indique la crue de 1923.

Les derniers rayons rougissent le clocher. Sur les marches, se trouve Loulou assis à SA place, celle de la priante, à la sortie des messes. Loulou abrite ses yeux du soleil couchant... Vivre dehors a aiguisé sa vue et, deux ponts plus loin, il a déjà repéré cette femme qui tourne dans son quartier. Aux restes de ses habits, ses chaussures, on voit bien qu'elle est nouvelle ; d'ailleurs elle ne s'approche de personne.

De temps en temps, elle se penche par-dessus le pont, jette du pain dans l'eau verte, mais en tournant la tête de tous les côtés comme si elle cherchait quelqu'un. Loulou l'aiderait bien, mais il sait qu'il va lui faire peur avec ses dents en moins, son mètre quatre-vingt-quinze et sa mâchoire taillée dans le pavé.

Sous le pont, la femme s'arrête, fait des gestes pour chasser les cygnes. Loulou vit à la rue depuis sa tendre enfance ; elle lui a tout appris. S'il ne sait ni lire ni écrire, il sait qu'il faut quatre heures de manche pour s'offrir une nuit dans un hôtel une étoile.

Bientôt sept heures, aucun foyer ne l'acceptera. La rue, c'est la jungle, pense Loulou, une jungle dans laquelle se trouvent toutes les espèces possibles. Tout dépend, sur qui elle tombera. L'idéal serait Sam, mais elle fait la manche. Le soir à la sortie des bureaux, c'est là qu'on gagne le plus ; avec son mauvais caractère, Sam va l'envoyer balader.

Sous le pont, en plein soleil, se trouve assis Vincent ; lui, au moins, ne fera jamais de mal à une femme seule.

Loulou se lève difficilement, titube un peu et, par-dessus le pont, jette une pièce de cinq centimes vers la forme blanche accroupie. L'alcool, ça fait mal viser, la pièce est tombée dans l'eau. Alors, qu'est-ce qu'il fabrique Vincent sous le pont ? ce type, soit il se pique, soit il prie. Avec son âme pleine d'archanges, le fleuve pourrait déborder de son lit qu'il ne s'en apercevrait même pas.

Ah, pas si mal, la pièce est tombée dans les ailes blanches d'un cygne qui se met à cracher comme un chien. Vincent relève la tête et aperçoit Loulou qui agite là-haut les bras comme un sémaphore.

Merde, se dit Vincent, c'est quoi encore, la tuile ?

c'te blondasse aux cheveux rares, aux mocassins écrasés, que Loulou vient de m'envoyer.

Loulou, c'est un pote d'accord, toujours le cœur sur la main, mais Vincent, les femmes, ça l'énerve. Les femmes, ça n'amène que des emmerdes. Toutes l'ont trahi, sa mère la première. Pourtant, Vincent a levé la paume vers Loulou d'un geste qui se veut acquiescement.

Les cloches vibrent dans l'air. Loulou se rassoit, satisfait, rassuré. La haute porte ferrée de l'église s'ouvre, immense, au regard de la silhouette adossée à ses pieds.

Dans la main large comme une pelle, une pièce, merci, une autre pièce, encore merci. Ses mercis s'adressent au passant, au cygne, à Vincent. Et résonnent comme du bronze.

Aux berges du fleuve, je la cherche, je passe sous le pont de l'église. Les cloches emplissent l'air clair de leur liquide doré.

– Salut caneton.

– Caneton ?

Je sais bien qu'ils m'ont donné un pull jaune vif, couleur poussin, enfin, quand même. Qui est ce type qui se permet de m'apostropher ainsi ?

Il est vêtu de blanc comme un cygne et flotte dans une tunique trop grande pour lui.

– T'as un air de caneton paumé qui sort de l'œuf et cherche sa mère, reprend-il, sans me regarder.

De ses ongles, il lisse un morceau de carton bleu pâle. Avec ses cheveux longs et blonds, cet ensemble blanc immaculé, il ressemblerait à la Belle au bois dormant prête à s'endormir. Enfin une Belle au bois dormant maigre, si maigre qu'on dirait qu'elle va s'enflammer.

– Je cherche Papillon, vous savez où elle est ?

Geste évasif, puis il sort un briquet et chauffe un petit morceau brun.

– Pourquoi ? Tu veux qu'elle te tire les cartes ? Qu'elle te jette un sort ? C'est mauvais, ces trucs-là, et elle n'annonce que des malheurs.

À son cou, une chaînette en argent, avec un christ, jambe repliée, ressemblant un peu à un athlète. J'ai fermé les yeux, à cause d'un reflet sur l'argent.

– Vous savez où elle est ? je répète.

Il soupire. J'ai l'air de l'embêter.

– Où y a de l'eau. Si c'est pas l'écluse, c'est la fontaine, répond-il laconiquement tout en émiettant la barre brune.

Un pont plus loin, cigarette au bec, une de « riche » au bout doré donnée par un passant, Norredine se déhanche sous la musique. Il enlève vite son casque une fois qu'il a vu Vincent.

– Fais tirer une taffe...

Et Norredine aspire avec satisfaction la fumée du cannabis.

– L'autre Gauloise, qui c'est ? demande-il en désignant mes quarante ans bien sonnés, genre français, nouvellement à la rue.

Vincent hausse les épaules, « que veux-tu que ça me fasse ».

– Une connaissance de Pap. Elle la cherche, tu l'aurais pas vue ?

– Oh, Pap ! Ça va, ça vient dans toute la ville. Pssst,

t'aurais pas une plaquette ? demande-t-il en baissant la voix.

Vincent lui fait un signe de tête qui l'invite à le suivre et se lève. Bon sang, ce qu'il est maigre : ses bras doivent être aussi gros que mes poignets.

– Z'avez pas vu Papillon ? ai-je encore demandé.

Vincent renifle fort d'une narine, il a l'air de vouloir me répondre. Non, il range posément son tabac dans une pochette, son papier à rouler dans une autre, le tout invisible sous sa veste blanche. De son jean blanc, il sort un étui noir, et de l'étui un... portable rond Siemens.

– Elle t'attend à la fontaine. Je lui ai envoyé un texto.

Je ne sais plus quoi dire. Je me serais attendue à tout, sauf à un portable. La rue, c'est tellement de sensations que c'est comme les histoires : on ne peut pas les raconter toutes à la fois.

Sous les arches de pierre, glissent les canards ; au-dessus une silhouette un peu voûtée franchit des ponts. Elle ignore que des dizaines de messages rôdent, se croisent, s'entrecroisent dans toute la ville en tissant un lacis invisible. Quatre ponts plus loin, Papillon recevra le texto, juste avant que son portable ne se décharge. Et elle abandonnera son éternel projet d'aller à la CAF.

J'ai posé mon sac sur la margelle. La fontaine, toute contente d'être fontaine, glougloute.

Je l'ai attendue presque une heure, mais je n'étais pas seule, les pigeons roucoulaient autour de moi, m'entourant de leurs yeux ronds, de leurs reflets violets et verts.

J'ai toujours aimé les oiseaux, tantôt créatures ailées et inaccessibles, tantôt terrestres, avec leur cou mobile et ce déhanchement maladroit. Les oiseaux, tous les oiseaux, ressemblent aux rêves : ridicules à terre, merveilleux lorsqu'ils se rassemblent au-dessus de nos têtes.

Ah, j'ai reconnu sa silhouette. Elle marche en se déhanchant elle aussi, comme les pigeons, non, elle titube.

– Désolée, je suis un peu en retard, et cet imbécile de portable qui s'est encore déchargé. T'es perdue, Poucette ?

– Comment vous savez ?

– Tutoie-moi, Poussin. Ici, on est tous à égalité. À la rue, on se suit tous les uns derrière les autres comme des cailloux blancs.

Au bord du trottoir, Papillon roule une cigarette, tasse le tabac avec l'antenne de son portable. Fallait y penser, me dis-je.

– T'as abandonné l'idée du foyer ?

– Mais... comment tu devines tout ça ?

– Ton chemin, j'le connais, va. Dès qu'il y aura des Bosniaques, des Kosovaques, avec leurs gosses, ils seront prioritaires. Alors, on te foutra dehors comme un chien. Te restera la nuit à l'hôtel mille-étoiles.

– C'est quoi ça, l'hôtel mille...

– Le ciel au-dessus de toi, Poucette : la nuit aux mille étoiles.

Soudain, je la pressens, la nuit, cette grande nuit qui va peu à peu étouffer le jour dans ses voiles bleus. Je frissonne. J'ouvre mon sac, ce poids mort que je trimballe partout, et enfile mon poncho.

– C'est mimi, ça ! s'écrie Papillon en voyant les fragments d'assiette. Plus jeune, je faisais les brocantes. J'm'y connais, ça, c'est de la porcelaine, de la vraie de Limoges...

Elle a pris un morceau mais je ne lui laisse pas le temps de le mirer au soleil couchant.

– Tout c'qui me reste ! J'ai plus rien ! ai-je crié en voulant le jeter dans la fontaine.

– Calme-toi, calme-toi, Poucette. Ça fait des années que je suis à la rue, au début tout le monde pète les plombs. C'est normal. Le peu qu'il te reste, une photo, un dessin, une lettre, préserve-le. C'est l'une des rares choses qui te garderont humaine.

Elle a pris sa voix douce de maman.

– Sur ce bout-là, le Petit Poucet, perdu avec ses six frères dans la forêt. Il a grimpé sur un arbre et aperçoit une lumière tout au bout. Qu'est-ce qui brille là-bas dans le noir de la forêt ? demande-t-elle.

Les mots s'échappent malgré moi.

– La maison de l'ogre, dis-je.

– Allez, viens dormir avec nous au squat.

Deuxième partie

4

Dormir... squatter

C'est à grands pas qu'elle s'engage dans une rue aux pavés bombés et gris, comme des écailles de tortue.

Papillon doit peser quarante kilos et mesurer un mètre cinquante, pourtant ce qu'elle marche vite ! Devant moi, ondule le liséré noir de sa jupe mauve, pareille à une queue de pigeon.

– On arrive bientôt.

Un silence bourgeois. Des immeubles s'alignent, propres, silencieux, avec des rideaux blancs qui tremblent aux fenêtres ouvertes.

– T'es certaine que c'est ici ?

– En face du kebab. On va tourner à l'abri de bus, tu vas voir, d'un seul coup tu vas sentir l'odeur du bras mort juste derrière.

L'humidité du fleuve monte sourdement des pavés comme une vapeur.

– Salah, qu'est-ce tu fous ici ? s'exclame-t-elle, alors que je ne distingue même pas la silhouette contre la paroi de verre.

– T'es pas à ton foyer ?

La forme tassée dans un survêtement bleu et vert se redresse.

– Nique la France ! s'écrie Salah.

– Mauvaise humeur, traduit Pap. Allez, monte avec nous au squat !

Salah secoue la tête de gauche à droite. Ses yeux enfoncés brillent soudain d'une colère incompréhensible.

– Arrgh, gronde-t-il en faisant un grand geste comme pour chasser les mouches.

– Le 115 l'a changé de place. À son nouveau foyer il n'y a plus ses potes. Salah, c'est le Prince de la Rue. Il préférera dormir là que de pas avoir ses copains.

Le Prince de la Rue leva vers nous un regard délavé, pâli, qui ne nous voyait plus. Je m'aperçus que ses pauvres yeux naviguaient sur un fond bleu de cataracte. Il ne devait plus y voir grand-chose.

D'un plastique Ed, rouge et vert, Salah tire un sac de couchage qu'il déroule en silence. Enfin, il coince la bouteille de rouge sous sa tête, et allonge en soupirant sa maigreur sur la banquette, bras le long du corps. On le croirait dans un linceul, s'il ne gardait les yeux grands ouverts.

– Bonne nuit, Salah, dit Pap.

Pierre tombale, il lève le front, contemple les étoiles au travers de la paroi transparente.

– Bonne nuit, répond-il, mais ses yeux clairs ne lâchent pas les étoiles.

– Avant de rentrer dans un squat, tu laisses toujours passer les gens et les voitures. Personne ne doit savoir où c'est.

Une porte comme les autres, qu'il suffit de pousser. Dans le noir de l'entrée, des dizaines de boîtes aux lettres vides laissent pendre leurs battants rouillés.

– C'est un ancien foyer de jeunes filles.

Un escalier en colimaçon s'engouffre dans le noir.

– J'ai peur du noir, je souffle.

– Chuuut, suis-moi, c'est au second.

Le briquet de Pap éclaire faiblement les murs tapissés de beige, assez propres. Muet, un étage passe, énorme et noir. La rampe colle aux mains. Au second, les portes, éloignées de quelques centimètres les unes des autres, dessinent des rectangles clairs dans l'obscurité.

– Attends, faut juste que j'te montre un truc qui vaut le détour : le plus bel appart de la rue, dit-elle en m'entraînant vers le fond du corridor.

Ça sonne étrangement un « appart de la rue ». Tout au fond brille une porte peinte en bleu marine.

– L'appartement de Vincent, chuchote-t-elle.

On tape à la porte. Rien.

– Vincent, Vincent ! appelle-t-elle de sa voix toujours patiente, lorsqu'il s'agit des autres. Il doit être à la messe. Je repasserai. Poussin, tu comptes une, deux, trois, tu n'peux pas te tromper, la mienne, c'est la cinquième porte.

– Bienvenue chez moi, lance-t-elle en jetant son sac à terre.

À l'intérieur, ça sent les pieds et la bière, mais l'humain. Le foyer, lui, exhalait un mélange de sueur, de lait caillé et de pommes rances, toute l'aigreur, toute la rancœur de la vie.

Dans le noir, je distingue encore un sac de couchage, déplié et tout chiffonné ; on dirait un cadavre bleu, allongé là par hasard.

Papillon allume une bougie plantée dans une bouteille. Sur la tapisserie en lambeaux, deux prénoms : « Paul et Benjamin, Maman pense à vous. »

– J'chuis crevée. J'ai fait la teuf hier, pour une fois que je me couche tôt !

Elle se déshabille comme un arbre cracherait au vent ses feuilles mortes, jetant pêle-mêle sa jupe gitane, son pull bleu, ses chaussures.

– T'inquiète, je fais tout à moitié. Je suis un signe d'air, Gémeaux ascendant Gémeaux. Je ne suis maniaque qu'en amitié, et en prédictions, dit-elle en me regardant de côté. T'es quel signe toi ?

– Poissons.

– Oh, là, là... le signe le plus rêveur du zodiaque.

Rêveuse, pour ça oui, je l'étais... Mon plus grand défaut, ma plus grande qualité. Le rêveur doit voir comme un oiseau : plus flou, certes, mais de plus haut.

– Ton mari, qu'est-c'qu'il était ?

– J'ai pas envie d'en parler, ai-je répondu brutalement, en dépliant mon sac de couchage.

Taureau, il était. Ma tendance à la rêverie, mon indolence le fascinaient, lui, travailleur infatigable.

– Ne parle pas, je sens tout, moi. J'en sais autant que toi. Donne-moi tes affaires, que je les range dans mon mobilier XVIIIe, dit-elle en désignant deux cartons posés dans le sens de la hauteur.

Et elle dispose ma brosse à dents, mon poncho rouge, l'assiette en morceaux, parmi des montagnes de lettres, de bouquins jaunis.

– Non, tes papiers, garde-les sur toi. Ton sac de couchage, ici, ordonne-t-elle, repoussant une bassine où trempait une culotte rose.

Sous mon dos, le sol du linoléum. Sous mon dos, le dur, tout le dur de la vie, de la pauvreté.

– Y a pas un coussin ? On dort comme ça, sans taie, sans matelas, sans rien ?

– Sans. On est des « sans », « sans domicile fixe », comme ils disent, des « sans-abri », des « sans-logis », des « sans-rien ». Et toi, tu passeras une « nuit sans drap ».

– Bon sang qu'c'est difficile, la « nuit sans drap », je ne peux m'empêcher de remarquer. La nuque surtout, y a pas un coussin...

– Tiens, j'te passe un bonnet. Madame qui fait sa difficile ! Tu connais pas ta chance ! Tu sors de ton foyer, oie blanche et... *paf* ! Vl'à qu'tu tombes sur un squat. Un tout beau, tout propre, en pleine ville, pas dans un bâtiment qui va te tomber dessus ! Si tu savais comme j'ai galéré moi, avant de trouver ce paradis !

La liste de tous les endroits où elle a dormi à « l'arrache » me donne la chair de poule :

– Dans les trains, dans les salles d'attente, dans les gares, dans les entrées des immeubles, et même dans les magasins après la fermeture...

Pourtant, je réprime mal la grimace du « dur », là sous mon dos. Papillon se lève à contrecœur :

– OK, je vais te prendre le tapis de sol de Loulou.

– Ben, et lui ?

– Lui ? L'est à la rue depuis l'âge de cinq ans. Loulou, il a grandi parmi les bouteilles vides et les boîtes de conserve. Tu le verras en hiver, il se promène presque en tee-shirt.

La seule, l'unique vérité de l'homme, c'est l'endroit où il peut abandonner sa nuque, son dos. Mais l'homme l'a un peu vite oublié, me dis-je, en me tortillant sur le tapis de camping qui ne changeait rien du tout.

– Dors ! Fais pas ta Princesse au petit pois. Le sol, c'est bien. Au moins, tu sais que tu peux pas tomber plus bas.

Je me redresse dans mon duvet :

– C'est quoi, la Princesse au petit pois ?

– Une histoire que je racontais à mes enfants quand ils faisaient, comme toi, des caprices. Dors !

Et elle souffle la bougie.

Dormir ? Facile à dire, il fait noir comme dans un four. La seule lumière reste celle du réverbère, une lumière blafarde, une lumière de criminel, de... Barbe-Bleue, ai-je pensé, avec toutes ces portes fermées sur l'inconnu.

– Pap ? J'ai peur du noir.

Du tube bleu du sac ne dépassent que ses cheveux grisés de réverbère.

– Mmmrrrouf, grommelle-t-elle.

Soudain, l'escalier craque sous des pas précipités, puis une sorte de halètement. J'ai bondi dans mon sac.

– Pap ! Pap ! Qu'est-ce que c'est ?

– Cette enfoirée de punk qui rapplique avec des voyageur et leurs chiens, grogne-t-elle, enfouie au fond de son sac de couchage.

– C'est quoi, les voyageurs ?

– Ceux qui vont de ville en ville, en hiver au sud, en été au nord.

– Comme les oiseaux, dis-je, les oiseaux migrateurs.

– Ouiiiiiiiii, gémit-elle, exaspérée... T'sais que j'ai tout ce qu'il faut pour te faire dormir, moi, dans ma pharmacie. Tu voudrais pas un Tranx 50, un Imovane ? J'te file un Rohypnol et tu sombres...

Rien, je veux rien. Juste un peu de lumière, car la seule pour l'instant, c'est le rectangle bleu du portable qui bat dans le noir.

– Y a pas une loupiote, hein, quelque part ? Rallume la bougie, au moins, ai-je supplié.

– Pas de loupiote, Loupinette. Pas de bougie. On a

déjà mis le feu à un squat comme ça, un chien qui l'avait renversée.

Elle tâtonne dans le noir, j'entends le *flop* d'un tube débouché.

– La sécurité, c'est important, dit-elle avec une voix qui s'épaissit à chaque syllabe, sous l'action chimique de ce qu'elle vient d'avaler. Mes enfaannts, jeee les aaattaaachais toujours dans laaa voiturrr.

Un ronflement énorme suivit.

Une heure, deux, trois heures du mat', affiche le portable dont la batterie diminue sans cesse. Mon Dieu qu'elle ronfle fort, un véritable cochon.

Soudain des grattements, juste dans la cloison, juste à côté de moi. Ma peau se tend sur mes os. J'ai dû la secouer, fort, très fort pour la réveiller.

– Quoi, quoi, qu'est-c'y a ? hoquette-t-elle.

– C'est quoi, ce bruit, ces grattements ?

– Rats, lance-t-elle en se renfonçant dans le sac. Un-rat-par-ha-bi-tant, dit-elle en articulant chaque mot.

– J'ai peur des rats, dis-je.

– On t'a déjà dit que t'étais une emmerdeuse-née ?

Oui, il me le disait tout le temps. Combien de fois dans la nuit l'avais-je tiré du sommeil ? Il allumait une veilleuse bleue et se rendormait sur le dos en ronflant. Papillon s'assoit, se claque le genou d'une main.

– T'as gagné, j'dors plus.

Allumée, la bougie éclaire à contrejour la couronne ébouriffée de ses cheveux. Avec le trou des dents, elle ressemble à un vampire ivrogne, et je me mets à pleurer.

– Putain, qu'est-ce j'ai fait au Bon Dieu pour ramener une frappée pareille ! Tiens, mouche-toi.

Et je souffle dans un tee-shirt qui empeste le whisky.

– Les rats, tu sais ce qu'elle en fait, la marraine de Cendrillon ? demande Papillon en levant les mains dans le halo de la bougie. Six rats, un lézard et *tchhiiiiiiii*...

La bougie projette en ombres chinoises ses mains agrandies contre le mur.

– Oui, oui, oui, des laquais, des chevaux ! Raconte-moi une histoire. Raconte-moi *Cendrillon*.

– D'accord, mais trouve-moi mon Zippo !

– C'est quoi un Zippo ?

– Un briquet, et là, mon Samson, le paquet de tabac avec un lion.

À ce rythme, je calcule qu'elle doit fumer plus de quatre-vingts cigarettes par jour.

La cigarette rougeoie dans le noir ; je ne vois que ça, le point rouge qui grandit lorsqu'elle aspire.

– Il était une fois...

Tout, j'oublie tout, les lambeaux des papiers peints, le dur, le sale. Je l'écoute comme j'écoutais ma mère, blottie dans le drap rugueux ; je sentais alors la chaleur homogène de mon corps, captée par la couverture et diffusée autour de moi, en globe doré.

– Il était une fois, un prince qui voulait épouser une princesse, mais il fallait que ce soit une vé-ri-ta-ble princesse.

– C'est pas *Cendrillon* ! ai-je protesté.

– Avec tout ce que j'ai picolé dans ma vie, hein ? j'ai le droit de perdre un peu la mémoire ! Je t'raconte celle que j'ai sous la main dans ma tête, OK ?

Ne pas la contrarier. Que ce soit sous la main ou dans sa tête, peu importe pourvu que ce soit une histoire.

– Le prince parcourut le monde entier, mais ne put la trouver. Un soir, un é-pou-van-ta-ble orage éclata.

À cette seconde, il se mit aussi à pleuvoir. On se demandait si la pluie ne tombait pas dans la pièce tant l'humidité avait gonflé les papiers peints et gondolé l'armoire XVIIIe.

– Brrr, ça vous transit les os, dit Pap à voix basse. Ça vient du bras mort du fleuve, juste derrière...

– La suite !

– Une jeune femme, toute ruisselante, se présenta à la porte, elle se disait princesse. « C'est ce que nous allons voir », pensa la vieille mère. Pour le vérifier, elle retira toute la literie dans la chambre de la princesse, déposa un petit pois sur le sommier, et, par-dessus, vingt matelas, et encore vingt duvets. Le lendemain, la princesse se plaignit d'avoir mal dormi, couchée sur quelque chose de si dur qu'elle avait des bleus partout. C'était donc une vé-ri-ta-ble princesse, termina-t-elle. Ils se marièrent, vécurent heu...

– Ça finit comme ça, ils vécurent heureux ?

– Mais bien sûr, Poucinou, tous les contes de fées se terminent ainsi.

« Toutes les histoires finissent mal », répétait pourtant ma mère en prenant un air las, autant que l'éternel mégot qu'elle écrasait. Elle avait peut-être raison : un mari alcoolique qui la battait, puis l'avait abandonnée avec deux grands garçons qui mangeaient son salaire d'ouvrière en confection, et la petite dernière... mon Dieu, la petite dernière, paresseuse, rêveuse à ne vouloir jamais rien faire.

Que cela finît bien, je n'en revenais pas – à tel point que je ne m'étais pas aperçue qu'elle venait de souffler la bougie.

– Zouzou princesse, dit-elle en m'embrassant sur les deux joues.

Dans le noir, encore, sa voix éraillée :

– Avec vingt matelas et vingt duvets, ta peau de princesse sentirait le petit pois sous ton dos... Alors, que tu dormes à même le dur ou pas, ça n'change rien. Maintenant, dodotte, P'tit Pois.

Et la Princesse au petit pois s'endormit au côté d'un Papillon et de la palpitation bleutée de son téléphone.

J'ouvre un œil. En face, un autre œil, immense, bleu et violet, tout de noir cerclé. L'œil courroucé d'une plume de paon me fixe, accompagné d'autres plumes de pigeon dans un gobelet à dent.

Juste à côté, une rangée de bouddhas noirs, des pâquerettes séchées à leurs pieds, et une pile de cartes téléphoniques d'au moins trente centimètres de haut.

Le tout disposé sur une caisse de vin renversée, recouverte d'un drap blanc.

Sur cet étrange autel, Pap a déplié une feuille de papier à cigarette qu'elle parsème de tabac blond.

– Alors, Poucette, on s'réveille à midi, hein ? Dans un squat, tu peux faire le tour du cadran. Dehors y aura toujours un con pour te réveiller à six heures du matin avec un coup de pied dans le ventre.

Papillon allume la flamme bleue d'un Butagaz pour me faire un « thé vert au jasmin », annonce-t-elle. Elle pense toujours aux autres ; je crois d'ailleurs que c'est son principal problème.

– Le p'tit déj' du foyer va pas te manquer, avec leurs bouts de pain et leur confiote sans beurre. Ils nous traitent comme des animaux mais font gaffe à notre taux de cholestérol.

La voici habillée, coiffée en quelques secondes. Elle porte un tee-shirt mauve, un gilet gris, un pantalon africain à larges rayures violet et jaune, sur lequel elle a enfilé une longue cape grise un peu pelucheuse.

– Ma collection de bouddhas, tu la trouves pas belle ? Je leur dépose des fleurs en offrande.

– T'es belle, Papillon, maquillée avec le trait de khôl violet, dis-je.

Pap a des yeux en forme d'ailes ; des yeux jamais clos, étirés vers ses pommettes, étirés vers l'infini de tout ce qu'elle connaît.

Un rai de soleil ricoche sur le métal doré de sa Bavaria 8.6, et l'étui or et noir des cartes. Elle doit aimer le doré, me dis-je. Entre les bouddhas, un sillon noir et or de pierres du tigre.

– Nature et Découvertes, ajoute-t-elle, peut-être pour en indiquer la provenance.

– Tu vas où ? je demande, tout en picorant le sucre de ma brioche.

– Téléphoner. Ensuite, j'ai un rendez-vous à la CPAM, pour refaire mes dents, dit-elle en prenant une carte sur la pile.

Main sur la poignée, elle m'assomme de conseils :

– Tes papiers, dans tes chaussures ou tes chaussettes ! Ne laisse jamais ton verre sur un comptoir, on peut t'y mettre un truc, tu ne te souviendras de rien. Oh, oh, Poucette, j't'cause, tu atterris ?

– Oui, oui, murmuré-je, à croupetons, occupée à aligner les pierres du tigre les unes derrière les autres.

– Écoute-moi.

Elle, pourtant plus petite, plus frêle, se baisse vers moi. Elle prend mon menton dans sa main et m'enveloppe d'un regard violine, si intense que je me sens obligée, pour une fois, d'écouter.

– En plus de la galette et du petit pot de beurre, la mère-grand a donné bien d'autres conseils au Petit Chaperon rouge : ne parle pas aux inconnus, ne les écoute pas. À la lisière de la forêt, le Petit Chaperon rouge rencontra le loup qui lui dit...

Je connais la suite par cœur.

– « Tu passeras par là et moi, je passerai par là » et le loup lui fait prendre le chemin le plus long.

– Ouais. Le loup arrive à la maison bien avant elle. *Toc toc*, qu'il fait, et il bouffe toute crue la mamie. La sale bête enfile alors la chemise de nuit brodée de la mère-grand et attend cette merdeuse qui a pris le chemin le plus long, occupée à cueillir des fleurs et des noisettes...

J'ai compris. Oui, oui, je promets, je promets tout ce qu'elle voudra. Ne faire confiance à personne, ne pas dire où se trouve le squat, fermer à clef derrière moi.

– J'ai terminé ma réserve d'eau avec le thé. Si tu veux te débarbouiller, tu peux aller chez Vincent. Lui, il est relié à l'eau et à l'électricité de la ville. Zouzou...

Et Papillon a disparu dans sa grande veste grise.

Toc, toc, ai-je frappé, intimidée, à la porte bleu marine, serrant fort la pierre du tigre qu'elle m'a donnée pour me porter bonheur. *Toc, toc.*

Aucune réponse. Pourtant, d'ici, j'entends la télévision. Je tourne la poignée, fermée.

Dehors brille un soleil chaud, un soleil de début d'été. Papillon m'a aussi donné une pièce de deux euros pour aller au café en face, un pote à elle.

Au comptoir se trouve une vieille dame, avec un collier de perles qui pendouille par-dessus les tasses. Pourquoi n'ai-je pas aimé son chemisier à dentelles ?

– Un p'tit crème, madame, s'il vous plaît.

La machine gronde, chuinte sa vapeur ; j'ai vite filé aux toilettes, m'asperger d'eau fraîche, me laver les mains. Le miroir me renvoie mes cheveux pâles de fille du Nord, et ma joue gaufrée par la fermeture Éclair du sac de couchage.

Sur le zinc, on m'a jeté mon café, le lait a débordé de la tasse, mouillant les sucres. C'est chaud, âcre, un vrai café, meilleur que le thé au jasmin de Pap. Le breuvage écarte tous les plis, et replis du sommeil. Pourtant il m'a semblé avoir mal entendu :

– Bois ton café et tire-toi.

On ne m'a jamais parlé comme ça.

– T'as compris ? Dégage !

Je fixe le regard austère, les lèvres pincées au-dessus du jabot en dentelles.

Qu'ai-je fait ? Je suis chiffonnée, vieille, peut-être, mais c'est tout. Dans la glace, je vois les regards des autres clients ; un homme en costume gris, une étudiante en duffle-coat marron. Ils n'osent regarder ni la patronne ni moi. Ils regardent ailleurs. Ne pas voir, ne pas savoir : c'est ça.

– Et reviens plus jamais. Ici, pas de clochard. Pas de pochard.

Des mots qui se terminent en *ard*, comme *ringard, jobard, soudard.* La phrase me fait dégringoler, chuter, tout au bas de moi-même.

Entrée verticale, je suis ressortie horizontale. Clochard sur un brancard.

– Va pas là, c'est des abrutis. Va à l'autre café en face.

La voix vient du trottoir : vingt ans, un jean à la

dernière mode et une chemise ouverte sur une poitrine aussi large que sa guitare. Pourquoi fait-il la manche assis par terre au « tape-cul », comme ils disent ?

Qui est-ce ? Un gitan ? Ou l'un de ces Roumains, les pires de tous, qui rackettent les sans-abri ? Non, il a un accent étranger, belge on dirait.

– Tu squattes où ? Un lot de lingerie, ça te dirait ?

Il agite devant moi une culotte rose chair avec des ruchés de dentelle sur le devant. J'ai frémi. Sur l'un des fragments de l'assiette, se trouvait aussi le loup enveloppé de dentelles, dans un lit blanc. Le loup qui tendait des bras noirs et velus vers le Petit Chaperon rouge.

– J'l'ai en dentelles noires ou blanches, avec le soutien-gorge assorti. Le rose, c'est le plus joli. Même qu'j'te l'offre, c'est quoi ta taille ?

La main brune et experte à estimer les hanches s'approche de moi.

– Reviens, ne t'enfuis pas comme ça ! J'vais pas te manger !

J'ai grimpé en courant l'escalier en colimaçon. Des pas lourds ébranlent le plancher.

– 'alut, lance celui qui doit être Loulou, avec un drôle de regard pétrifié, comme au-delà de sa masse de muscles.

– 'alut, ai-je répondu sur le même ton, en le regardant descendre les marches, bras écartés du corps.

J'explore le squat. Une porte tous les mètres, toutes fermées à clef, comme dans Barbe-Bleue.

Loulou, qui ne supporte pas d'être enfermé, a laissé la fenêtre de sa chambre grande ouverte. Tessons verts, mégots bruns, sacs plastique blancs, boîtes de conserve dorées – tout cela forme un tapis multicolore au sol.

Partout, dans chaque pièce, cette odeur qui mêle urine, bière, vin, cigarettes et poussière ; odeur de stase qui ne trouve pas son chemin, peut-être parce qu'elle est trop humaine.

Ah, une porte entrebâillée : j'ai glissé un œil. La pièce sent l'odeur résineuse du cannabis, que je reconnais. Le plus étonnant, c'est la quantité de piles par terre.

– Curieuse ! gronde une voix derrière moi.

J'ai dû faire un bond d'un mètre. Dieu merci, ce n'était pas Barbe-Bleue, mais Sam, celle qui m'avait guidée jusqu'au foyer.

– La chambre de Norredine. Lui, c'est un fou de zique et de bédo.

– De quoi ?

– De pétard, de joint, tu sens pas ?

Au-dessus de sa terrible cicatrice rose, les yeux gris clair scintillent de la joie de m'avoir fait peur.

– T'as lâché tes bonnes sœurs ? Combien de temps qu't'es à la rue ?

– Dix jours.

Et elle m'a regardée comme si j'étais un bébé. Un bébé de dix jours.

– Et alors ?

– Ben... j'ai honte.

– Normal, surtout si t'as fréquenté tout le barda de l'aide, dit-elle en reniflant. Eux, ils portent la tête haute en écrasant la tienne. Moi, y a personne qui me marche dessus.

Et elle crache par terre.

J'hésite... Elle va me trouver ridicule. Lui avouer ? Ma peur de tout, du noir, de moi, de ma honte, du regard qui éteint, et même la peur du loup qui attend, tapi dans les dentelles...

– J'ai peur, ai-je répondu.

– Je t'invite à déjeuner chez moi, tu me raconteras tout ça.

Sam tire sur son treillis et tintinnabule jusqu'à l'autre bout du couloir.

– s'cuse, je suis en pyjama, dit-elle pour expliquer son pantalon qui dégringole et ses rangers ouverts qui font *clong, clong* à chacun de ses pas.

Ce n'est pas une chambre, c'est un chenil, ai-je pensé en reniflant l'odeur de harnais mouillé caractéristique du chien. Croquettes, boîtes pour chien, laisses qui pendent au mur, panier – tout ne semble organisé que pour Bordel, sa chienne. À destination humaine, je ne vois qu'une série de A cerclés, graffités au mur.

– C'est quoi dans l'eau ? Du sang ? ai-je demandé en montrant la bassine dans laquelle croupissait de l'eau rougie.

– Meuh non... D'la teinture pour mes cheveux, mais c'est aussi l'écuelle de Bordel.

Sam ouvre la fenêtre, et jette le contenu de l'écuelle dehors.

– Bien fait ! hurle-t-elle à l'intention de qui vient de se la recevoir.

J'aime bien la voir rire, elle a une dentition complète, elle au moins.

– Hé ! vole les bourges au lieu de voler la zone ! crie-t-elle par la fenêtre. Elle se tourne vers moi. Tu sais ce qu'il faisait, le salopard ? Il tirait le sac de couchage de Salah.

Sam boit au goulot d'une grosse bouteille d'Ice Tea, puis allume une gitane qui jure avec sa peau lactée.

– Allez, raconte tes angoisses à tante Sam, me dit-elle avec la même voix rauque que le loup.

Tout, je lui a tout raconté, le gitan en bas, l'insulte au café...

– Faut qu'tu retiennes ça : la rue, c'est le ciel, la liberté, mais c'est aussi le sol, les coups. Et pour une meuf, c'est pire. Mon nez cassé, là, c'est un pointage, c'te cicatrice sur la joue, le cutter d'un autre pointeur.

Comme je demande ce que signifient les mots « pointage, pointeur », elle fait un geste qui n'a rien d'équivoque, celui de la perforation masculine dans le trou féminin.

– Toi qui aimes les histoires, je vais te raconter.

Peut-être qu'elle l'avait provoqué, concède-t-elle. Avec sa crête en vert, sa minijupe en skaï, peut-être. Au détour d'une discussion politique, ce mec lui avait proposé un pétard, au coin de la rue. Brutalement, le cutter froid contre sa gorge. Sam entend encore la phrase : « Baisse ton froc, ferme ta gueule, sinon je t'égorge. »

Je l'écoute, nerfs tendus. Je voudrais connaître la suite, je voudrais ne jamais savoir.

– À cette seconde, le mec a changé complètement : ses yeux se sont comme vidés, devenus absents.

En lançant une côtelette rouge à Bordel, Sam poursuit son récit comme si elle parlait d'une autre. Les mâchoires du chien font craquer les os de la viande.

– Il me maintenait bras écartés, plaquée au sol dans les crottes de chien. Quand il m'a tringlée, il a laissé tomber le cutter. Ma main a gagné du terrain et j'allais attraper le couteau, lui planter dans le dos. Mais il a senti les muscles de mon bras se contracter, et il m'a balancé le cutter dans la gueule. C'est ça, la cicatrice.

Elle a fini. Et moi, j'ai la tête vide.

– Pourtant, tu vois, c'était un gosse de bourge, un teufeur, un mec à rave-parties... Méfie-toi des « faux de la rue » : ils traînent l'été pour courir les festivals. L'hiver, ils rentrent bien au chaud faire flamber la carte bleue de papa et maman.

Sam claque des dents comme ferait le loup :

– J'ai les crocs moi, t'as faim ?

Je secoue la tête, pas vraiment.

– T'auras pas d'viande. Chuis végétarienne. J'aime trop les bêtes.

Sam jette l'os par la fenêtre, me donne la moitié de son sandwich.

– T'en veux ? Du soja, c'est le kiosque bio qui me le donne.

Je ne sais plus ce que je dois regarder, le soja brunâtre ou la cicatrice rouge.

– C'qu'la rue m'a appris : à me méfier de ceux qui parlent trop et de ceux qui portent des dentelles, dit Sam en se léchant les babines. J'ai toujours un gel lacry avec moi, ta copine qui me l'a vendu. Mais ça sert pas à grand-chose, la plupart des dépouilles et des pointages arrivent la nuit.

Je n'ose demander ce que signifie le mot « dépouille », tant j'ai peur d'avoir compris.

– Ta copine, méfie-toi, c'est une grande parleuse et une sacrée menteuse.

– Elle me raconte des contes de fées, dis-je.

Rire gras de Sam déformé par l'alcool.

– Papillon ? Elle te raconte des histoires, oui. À la rue, y'a rien qui finit bien. Surtout avec elle, c'est une sorcière, tu verras, tu verras.

Je n'ai pu partir sans avoir vu la photo de Laetitia, sa fille de neuf ans ; mêmes yeux gris et purs sur une peau brune.

– Elle est belle... Si tu savais comme elle est belle, dit-elle en soufflant, mélancolique, la dernière cigarette de son paquet de gitanes. Son père est corse à la peau brune, moi mi-normande, mi-bretonne, tu vois le mélange... Elle aura dix ans dans trois jours, soupire-t-elle.

Sam m'a aussi donné un gâteau au sésame, la moitié

de l'argent de sa manche. Le reste étant pour les croquettes de son chien. Et pour elle ?

– Besoin de rien, dit-elle, juste de liberté. Ça, c'est encore gratuit, merci.

J'ai souri, à elle, à sa vilaine cicatrice qui empêchait de voir sa peau blanche d'innocence, ses yeux couleur de saule au bord de l'eau.

– *Toc toc*, tire la chevillette et la bobinette cherra.

C'était notre code secret.

– Ouvre ! souffle Pap derrière la porte.

Large sourire mais toujours grand trou noir des incisives.

– Tu devais pas faire tes dents ?

– Mes dents ? Pfffou..., soupire-t-elle en jetant à la volée sa cape grise. J'ai croisé un pote qui a des problèmes avec la garde de ses gosses. Raviolis et jeux vidéo, c'est tout ce qu'il sait faire pour les occuper, alors...

– T'as pas fait tes dents ?

– Ben, non ! Je viens de t'dire que non ! s'énerve-t-elle. Mes dents, j'irai les faire en Thaïlande, ce sont les meilleurs prothésistes du monde et je ferai deux petits dragons bleus...

– Tes dents...

– Oh ! t'es chiante, toi ! M'emmerde pas, j'te dis qu'en chemin, j'ai croisé...

« Je m'en vais par ce chemin-ci, et toi par ce chemin-là, et nous verrons qui de nous deux le plus tôt y sera », susurrait le loup au Petit Chaperon rouge.

Alors Pap, laquelle de nous deux s'en va par le chemin le plus long, s'amusant à cueillir des noisettes, et à faire des bouquets de petites fleurs pour les déposer ensuite sur son autel de bouddhas ? Mmmh ?

De sous sa cape grise, Pap a tiré un dictionnaire des rêves tout neuf, une dizaine de stylos Uniball violets et verts ; apparemment, elle revient d'une librairie. Enfin, elle me tend un sac plastique qui a l'air de contenir quelque chose de lourd :

– Cadeau.

– T'es folle, avec quel argent ?

Ses yeux s'éclairent de reflets liquides et bleutés.

– Pap, c'est la reine de la taxe... Avec mon gilet gris, je rentre dans les magasins, hop, hop, je coince ce que je veux sous le bras, comme un papillon sous ses ailes. Et mes ailes sont immenses...

Lorsque le sac plastique livre son contenu..., ô merveille, ô prodige, je n'arrive pas à y croire. Comment a-t-elle trouvé juste ce qu'il fallait ?

– L'intuition, Poussin, l'intuition.

Décidément, tu es merveilleuse. Sous ta cape grise de Peau d'Âne, se cache une princesse.

Une vraie.

5

Avoir peur

Papillon m'avait taxé un énorme volume reprenant tous les contes, ceux de Grimm, de Perrault et d'Andersen.

Enfants, nous n'avions jamais de livres à nous, manque d'argent certainement. Ma mère les empruntait à la bibliothèque. Tout juste si je pouvais toucher leurs couvertures cartonnées, le papier lisse et pur. Tels de hauts voiliers blancs, ils disparaissaient aussitôt de mon horizon.

Ma mère commençait l'histoire puis claquait le livre au beau milieu du récit :

– Toutes les histoires finissent mal, se lamentait-elle.

La sienne surtout. Le jour de mes dix-sept ans elle fut transportée d'urgence à l'hôpital pour un cancer de l'utérus qui se mit à saigner, saigner – hémorragie interne. Elle mourut quelques jours plus tard.

Je regarde mon assiette : mes sept fragments, ma vie en morceaux. Autour du Vilain Petit Canard, dansent le Petit Chaperon rouge, le Petit Poucet, le Chat botté,

Hans et Gretel dans la maison en sucre, la Belle au bois dormant. Enfin, ça finit assez mal avec la Barbe-Bleue, couteau en main, qui tient sa femme par ses longs cheveux bruns.

– On commence par laquelle ?

– Par une histoire qui fait peur, dis-je.

– De quoi t'as le plus peur ? demande Papillon.

Entre le noir, les viols, les gitans, j'ai de quoi hésiter.

– T'as oublié les bandes qui font boire les SDF, le jour du RMI pour leur piquer leur fric, les keufs qui nous embarquent. T'as oublié ceux qui crèvent de froid, qui sont renversés par les voitures ; les squats qui prennent feu, les briques qui s'écroulent, qui écrabouillent la cervelle des...

– Stooooop, Pap !

Et je lui arrache les cartes, son oracle Belline, qu'elle nettoyait soigneusement avec une petite éponge.

– Tu sais que ce foyer se trouve en zone inondable ? dit-elle en soufflant sur la carte de la Mort. C'est pour ça qu'il a été évacué. On a retrouvé trois jeunes filles noyées derrière leurs portes.

Pap range ses cartes dans la boîte noire et dorée et poursuit :

– Mais tu as peur d'autre chose...

Je me demande bien de quoi.

– T'as la frousse d'être abandonnée.

Elle me regarde, yeux noyés de bière : de temps en temps, elle attrape des morceaux de vérité. Ma mère répétait sans cesse que notre père nous avait abandonnés. Je me répétais sans cesse que Lui, en mourant, m'avait abandonnée.

– Alors, je te la raconte, tu verras, ça va t'aider. « Il était une fois... un bûcheron et une bûcheronne qui avaient sept enfants, tous garçons. Ils étaient fort pauvres et leurs sept enfants les incommodaient beaucoup parce qu'aucun ne pouvait encore gagner sa vie. »

– Ça se termine bien ?

– T'inquiète...

Quand elle dit ça, c'est mauvais signe. Mes craintes ne font qu'augmenter au fur et à mesure des pages :

– « Ils allèrent dans une forêt fort épaisse, où, à dix pas de distance, on ne se voyait pas l'un l'autre. Le père et la mère les voyant occupés s'enfuirent par un sentier détourné. Lorsque les enfants se virent seuls, ils se mirent à crier et à pleurer de toutes leurs forces. »

Assise dans sa position de bouddha, elle déclare, en attachant ses cheveux avec un chouchou bleu :

– T'sais que j'les connais ceux de la rue. Tous, presque tous, ils ont été laissés, oubliés par leurs parents, quand ils en ont. Abandonnés.

Tellement peur qu'elle m'abandonne moi aussi que je ne la quittais plus. Elle se levait vers onze heures, s'étirait longuement. Après un thé au jasmin, un café pour moi, et beaucoup de bières pour elle, Pap déclarait, selon plusieurs variantes matinales :

– Aujourd'hui, je vais au CCASS / je vais laver mes affaires.

Ou encore :

– Je m'occupe de mes dents / de la garde de mes enfants avec le juge.

Seules comptaient sa détermination, ses fossettes résolues. Elle s'habillait alors de bleu, de mauve. Elle devait faire du seize ans maximum et tout était taxé à C & A, ou Zara.

– Débranche-moi, lâche-moi ! râlait-elle, flattée pourtant de se voir poursuivie.

Car je la suivais partout, tel un caneton derrière sa mère. Même si c'était moi qui ressemblais plus à la cane, avec mes vingt kilos de plus qui alourdissaient ma démarche, mon jean velours à grosses côtes.

Sur le chemin qui menait au Lavomatic, Papillon rencontrait alors un pote, qui avait toujours besoin de boire un coup, pour discuter avec elle. Et elle, avait toujours besoin de se dévouer pour lui.

Matinée, après-midi s'écoulaient et mon bel insecte butinait, frivole, léger, d'une fleur à une autre, d'un texto à un autre, d'un rancard à un autre.

Quand le soir bleuissait la ville, Papillon s'avisait que toutes les administrations étaient fermées. Elle se dépêchait alors de l'oublier dans le bar en face du magasin qui vendait les pianos blancs. Elle ne regagnait jamais le squat avant onze heures, moi sur ses talons, épuisée.

Enfin, pelotonnée dans mon sac, je réclamais d'une toute petite voix :

– La suite ?

La suite, je la désirais, blottie dans mon duvet, blottie dans le souvenir de mon enfance. La nuit éteignait toutes les couleurs de la pièce, je ne distinguais presque plus les fleurs à gros pétales sur le papier peint. J'attendais.

Yeux écarquillés, j'écoutais le frottement des pages, retrouvant chez Pap l'odeur de ma mère – cette odeur de sucre, de lait, de transpiration un peu surie qui ne la quittait jamais.

– La suite ! j'ordonnai, tant j'avais peur qu'elle ne m'abandonne comme le faisait ma mère, au beau milieu du récit, me laissant haletante, pantelante parmi les sorcières et les maléfices.

Mais la suite ne pouvait venir car nous étions sans cesse interrompues...

Quand ce n'était pas une fille angoissée qui venait se faire tirer les cartes, c'était Norredine qui avait mal aux dents ou Vincent qui toquait pour savoir à quoi « correspond, sur un portable, le 31 dièse ». Pap se transformait alors en « Pap-apothicaire » au secours de toutes les plaies morales et physiques de la rue.

Je fermai la porte d'entrée, mais ce fut le tour de son téléphone :

– Arrête de regarder tes textos et termine-moi l'histoire. Donne-moi ce téléphone !

– Non ! Le portable, c'est LA chose la plus importante pour un homme à la rue, ma seule adresse, ma seule existence, se défendait-elle.

Papillon adorait son portable, autant que Sam son chien. Elle le rechargeait à toutes les prises de son chemin, occupait son temps à lire ses messages, en envoyer, en supprimer. Le portable sonnait le jour, sonnait la nuit. Cette histoire, je n'en aurais jamais la fin.

– Enfin qui t'écrit à trois heures du mat' ? ai-je demandé, encore réveillée par l'arrivée d'un texto.

Mutisme étonnant de sa part.

La réponse est venue de Sam avec sa façon de dire tout droit les choses.

Elle a craché par terre en déclarant :

– C'est son micheton. C'est lui qui a acheté le téléphone, il la saute et lui file des ronds.

– Pourquoi elle accepte, pourquoi elle refuserait pas ?

– Mais le choix, c'est un machin de nanti, cocotte ! Le peu de dignité qu't'as, t'as bien vu comment les services sociaux, ils te rabaissent, alors, pour c'qui reste..., a-t-elle dit en crachant par terre.

– Mais y a des prostituées pour ça !

Mon ignorance la fait s'esclaffer de son rire mâle et empêtré d'alcool.

– Une fille à la rue, c'est moins cher qu'une pute. Toujours disponible, toujours à toi, et on en fait ce qu'on veut surtout si elle boit ou se came. Maquée ou pas, la pute ça doit faire du rendement. Prends pas tes grands airs ! a poursuivi Sam en se grattant la tête. Les puces vivent sur le dos des chiens qui sont nourris par des SDF qui taxent les habitants de la ville. Toi, tu fais quoi ? Qui c'est qui t'nourrit pour l'instant ?

– Ben… Pap.

– Oui et non : un euro de manche par-ci, un ticket-restaurant par-là, une paire de grolles là, une douche là-bas. T'es bien obligée d'avoir des connaissances partout, de bouffer à tous les râteliers sans faire ta fine bouche. Seule, tu crèves !

« V'là, tu connais la vérité et comme ça tu rêveras plus, cocotte, a conclu Sam en me fermant la porte au nez.

Je n'ai pas aimé du tout cette dernière phrase. Si la vie est absurde, l'enluminer de contes, la dorer de rêves ne l'est pas.

Le micheton ? Je l'avais rencontré, belle soixantaine, costume beige clair, chemise saumon. Dans la queue du Shopi, il m'avait soufflé dans le cou :

– Viens chez moi… Tu auras tout ce que tu voudras : dormir, manger…

Il m'avait même proposé une paire de chaussures neuves.

Je ne le crains plus. Avec son habit tout léger prêt à s'envoler, sa chemise rosée, je le devine aussi craintif que moi. Il ne ressemble ni à un ogre ni à un loup, plutôt à un chien battu.

Pourtant j'ai commis une belle erreur : celle de vouloir vérifier si elle était « entretenue ».

Le téléphone a gémi, un petit cri de chiot perdu, et aussitôt Pap a crié :

– Merde ! Lui qui appelle : il va me décharger la batterie, non, c'est un texto !

Elle parlait souvent toute seule, le justifiant par le fait qu'elle n'avait pas, elle, « comme les riches, télé et radio ».

– Ça va, Pap ? ai-je demandé, un peu inquiète en la voyant décoiffée, joues en feu, yeux brillants de haine, cartes éparpillées à terre.

– Fumier ! Enflure ! Après tout ce que... Qu'est-ce qu'il m'a écrit ! jure-t-elle en tapotant son clavier.

Elle s'énerve, crache dans le trou des incisives, insulte celui qui vient de lui envoyer le texto. Il va voir ce qu'il va voir, elle lui promet l'enfer, le paradis, elle cherche son téléphone, ne le trouve plus, le retrouve, mais déchargé. Pas possible, le monde tourne à l'envers, tout s'acharne contre elle. Le téléphone, la carte, le réseau, tout doit lui obéir.

– Pourquoi il m'a fait ça ? Tombe jamais amoureuse, l'amour, ça prend ce qu'ça te donne.

Sur l'autel, elle a attrapé deux cartes téléphoniques, entre lesquelles elle broie un comprimé. Elle penche la tête à droite comme un oiseau et, d'un coup sec, aspire la poudre par une narine. Soudain elle rit, m'embrasse, je t'aime, tu sais, ne change jamais.

Moi, folle, aimée, profitant de cette accalmie, j'ai posé la question qu'il ne fallait pas :

– C'était ton micheton, Pap ?

Son menton se met à trembler, ses yeux lancent des éclairs bleutés :

– T'es cinglée ou quoi ? C'est mon-a-mant-et-je-l'ai-me, dit-elle en scandant les syllabes.

Elle suffoque, écarlate de colère. Quand Papillon s'énerve, elle est terrible : ses yeux flamboient, elle ouvre grand la bouche, laissant apercevoir le trou des incisives ; on dirait une sorcière prête à cracher un maléfice.

– L'autre tatouée qui t'a parlé d'un micheton ? Sam, elle est jalouse de moi parce qu'aucun mec ne veut d'elle ! Elle ressemble au croisement d'un crapaud et d'une plaque d'égout ! hurle-t-elle, yeux exorbités, en sautillant dans la pièce.

– Crie moins fort, crie moins fort, s'il te plaît !

La tête rougeoyante de Sam entrebâille la porte :

– J'entends que Pap fait sa crise : l'alcool. Un jour elle finira chez les fous...

– Ta gueule, la punk ! Ta gueule !

Le téléphone a rebondi contre la porte refermée. Son objet préféré gît, en morceaux, carcasse en plastique et clavier ressemblant au squelette d'un animal désossé.

– Sur la tête de mes gosses, ce téléphone c'est Vincent qui me l'a piqué. Et j'ai payé moi-même la remise en service, au magasin près de la gare. Tiens, j'ai encore la facture. Et elle ouvre l'armoire XVIIIe, flanquant tout le contenu par terre.

– Calme-toi, Pap, calme-toi, la suppliai-je en ramassant des lettres froissées, des enveloppes bleu pâle et des dessins d'enfant.

– Ha ! ha ! tu parles d'une végétarienne, une criminelle, oui. Elle sort du centre de détention de Rennes. Elle a eu une engueulade avec son mec. Il lui a balancé un tesson de bouteille dans la gueule et, pour se venger, elle lui a planté un coup de couteau dans le dos. Il est mort le gars, MORT ! dit-elle d'un ton presque satisfait.

Je range, les unes après les autres, les cartes dans l'étui doré, plutôt embarrassée par un portrait de criminelle végétarienne.

– Méfie-toi d'elle ! Avec sa peau blanche, ses yeux gris et ses petites dents, elle ressemble aux filles de l'ogresse. C'est elle qui m'a volé mon gel lacrymogène.

Enfin, pourquoi Sam et Pap se détestent-elles autant ? Peut-être parce qu'elles se ressemblent plus qu'elles ne le voudraient avec leurs enfants, qui ont grandi sans elles. Sam méprisait Pap pour son pacifisme, un brin écolo, et Pap méprisait Sam pour son côté anar et violent.

Dès 18 heures, toutes les femmes disparaissent de la rue, happées par leur foyer. Ne restent plus que les proies vulnérables.

– Le pire, c'est pas les michetons, c'est ceux de la rue. Eux n'ont plus rien à perdre, disait Sam.

Alors, terrorisée, je m'enferme à clef dans la chambre, m'enfonçant tout au fond du sac de couchage. Pap rentrait tard, parfois ne rentrait pas du tout.

J'adopte la position du « dormeur », étrange posture à la fois fermée, recroquevillée, et ouverte, offerte à tous les coups.

Peur, tout le temps. Une peur de bête dans les bois. Peur de ceux qui au bas du squat rôdent, yeux gluants d'alcool et d'envie. Avide de chair, de consommation immédiate, l'ogre ne saurait tarder.

Aussi, je soupire de soulagement lorsque j'entends :

– Tire la chevillette et la bobinette cherra.

Elle se coule avec une agilité de fillette dans son sac étroit.

– T'es bête, t'aurais vraiment dû venir.

Dans le bleu du duvet, dans ma propre chaleur qui m'étouffe, je ne peux m'empêcher de penser à Loulou entouré de kilos de muscles, à Sam protégée par son chien.

– Nous ? Qu'est-ce qui nous protège, Pap ?

– Notre amitié et notre force mentale...

– Ah, fis-je, encore moins rassurée. Heureusement que c'est fermé à clef.

– Pour c'que ça sert, c'est un passe, et on a tous le même...

Je m'étrangle presque.

– Ben oui. Sauf Vincent, lui, il a posé des verrous. D'ailleurs j'ai sniffé là-bas un de ces rails de coke. J'y vois clair comme en plein jour.

– Alors raconte-moi la suite du *Petit Poucet*, dis-je en tremblant de tout mon corps.

– « Je sens la chair fraîche ! dit l'ogre qui revenait

en regardant sa femme de travers », lit-elle en gonflant sa voix.

– Pap, ça suffit. Arrête cette histoire.

– Mais puisque je te dis que ça finit bien ! La femme les couche tous les sept dans un grand lit à côté de ses filles, les ogresses qui portent chacune une couronne en or. Cette nuit, l'ogre ne fera rien : il a tellement bu qu'il a roulé sous la table.

Merci l'alcool, merci Papi.

En pleine nuit, alors qu'elle est profonde, noire, sans espoir aucun, des pas lourds gravissent les marches. Les pas parcourent le couloir, hésitent, repartent, reviennent et s'arrêtent juste devant notre porte.

Seule dans la chambre, je retiens un gémissement.

Bruit métallique dans la serrure : la porte s'ouvre et mon cœur bat si fort qu'il va m'entendre. Je vois luire l'éclat des yeux, une silhouette large se découpe dans l'obscurité.

L'ogre ! me dis-je, épouvantée. L'ogre qui se réveille et regrette de ne pas les avoir déjà égorgés.

Une main palpe à tâtons mes jambes, remonte vers mes cheveux.

Mais le Petit Poucet est malin, si malin qu'il a échangé les bonnets de ses frères contre les couronnes en or des filles de l'ogre. Vite, j'ai rentré la tête dans le sac telle une tortue pour ne laisser dépasser que la fermeture Éclair.

– Ah, j'allais faire de la belle ouvrage, dit l'ogre en touchant le froid des couronnes en or, j'allais égorger mes propres filles.

– Poupette, s'cuse c'est moi, j'ai confondu les chambres, dit Loulou qui sort en chancelant.

Un grand fracas, il s'est effondré, ivre mort, dans la pièce à côté.

Dans cette ville tout coule, s'écoule dans un seul sens, fleuve, alcool et urine. Les hommes pissent par les fenêtres, leurs jets dessinent des courbes souples qui viennent mourir en longues larmes grises.

Pour les femmes, pas question de s'accroupir dans le couloir, sous peine d'affronter les colères de Sam :

– Vous êtes plus craaaaaaaaaaaades que des chiens !

Le piercing tremble sur sa langue, lorsqu'elle prononce craaaaaaade, elle ressemble à une ogresse avec ses petites dents pointues.

Alors, je descends dans la cour, me bouche le nez pour ne pas sentir l'urine âcre piquant les yeux, l'odeur goudronnée des chambres à air entassées.

Au début, ça m'a un peu dégoûtée, puis je me suis dit que dans la forêt, les garçons perdus font pipi contre les troncs d'arbres et les filles sur la mousse.

À la rue, ce ne sont que des enfants perdus. Et les enfants perdus ont tous les droits.

Pap lève ses yeux étirés vers le ciel, elle levait toujours les yeux au ciel.

– Pleine lune : mauvaise manche et bastons.

Cette nuit-là, j'avais oublié de faire pipi avant de me coucher, comme lorsque j'étais petite.

Accroupie derrière la chambre à air, le filet chaud coulait entre mes jambes écartées. Là, j'entendis un hurlement tel que j'ignorais si c'était un homme ou une femme. Puis des pleurs, des gémissements, entrecoupés d'autres cris plus brefs.

Quatre à quatre, je grimpe les marches, me cognant à toutes les parois gluantes. Au bout du couloir, la silhouette blanche impassible de Vincent tient une lampe de poche. Autour s'agitent des ombres. Sam a enfoui son visage dans ses mains jointes, d'où s'échappent des gémissements étouffés.

Pap, agenouillée, fouille désespérément son sac. Elle lui met de force un comprimé dans la bouche. Sam l'avale, ses deux mains toujours plaquées sur son visage. Je ne sais pas ce qu'elle lui a donné mais elle s'arrête de gémir.

J'interroge Vincent du regard, lui, il voit tout de loin, de sa planète à lui. Insupportable.

– Dépouille, dit-il d'un ton morne.

Dépouille ? J'imagine tout et n'importe quoi.

– On m'a pris ma chienne, pleure Sam, mon bébé, ma chérie, ma sœur, gémit-elle, les mains plaquées sur le visage.

– Toute sa famille, résume Vincent, toujours impassible.

Enfin, Papillon m'explique que Sam a été droguée à son insu, un produit versé dans l'écuelle de Bordel et sa canette de bière. On lui a tout pris, sac de couchage, chaussures, fringues, papiers, et puis on l'a tabassée à coups de bottes.

Les coups ont dévié la cloison nasale, et Loulou, grâce à une longue habitude des nez cassés, la lui a redressé d'un coup sec. Elle a cru mourir de douleur.

Enfin Sam consent à ouvrir les mains. Sous la lumière de la torche, le sang dessine une tache noire, luisante, plaquée comme un poulpe contre son visage clair.

Pap, qui pourtant la déteste, est restée toute la nuit à son chevet. Incompréhensible, mais ça doit être ça, la rue, les extrêmes, tout en haut, tout en bas. Dès que Sam ira mieux, elles se disputeront à nouveau.

– Arrête de trembler comme ça, Poucette, on dirait qu't'es en manque d'alcool.

– Peux pas, peux pas, hoqueté-je en claquant des dents.

Tellement peur que mes dents, mes pensées, mes os s'entrechoquent.

– M'enfin, de quoi t'as peur ?

– De tout, tout-tout-tout.

Peur du bruit qui ne fait pas de bruit. Peur de tout ce qui est enfermé, là, derrière ces portes.

– D'où il vient cet ogre ? demande Pap, attentive, comme au-dessus d'un œuf qui va éclore.

– De la rue...

– Bien sûr que non, l'ogre vient de là-dedans, dit-elle en tapant du doigt sur ma tête de P'tite Poucette.

Oh, je n'aime pas lorsqu'elle sort l'oracle Belline de sa boîte, qu'elle me fait la roue dorée des cartes :

– Tire !

– Non !

– Tire les cartes, ça permet de causer. Tire, sinon tu resteras toute ta vie avec ton ogre, dit-elle en faisant ses fossettes déterminées. Première carte.

– Ah, le Chaudron, la méchanceté !

À la troisième, elle rayonne de joie :

– Deuxième carte, je vois un homme. Tiens, la carte du chien, c'est la carte de la famille... Les ogres, i' sont jamais très loin, souvent tout près.

Oui. J'étais toute petite. Lorsque mon père rentrait ivre, il cassait tout ce qui lui tombait sous la main. Le cri de la porcelaine fracassée lui faisait du bien. Il ne s'arrêtait qu'une fois toute la vaisselle en miettes.

Une nuit, je dormais dans le lit de ma mère, au chaud contre son corps. C'était un mois tiède comme celui-ci. De la fenêtre ouverte, montait l'odeur grasse, saturée d'eau de la terre qui enfante. Des pas ont résonné dans le couloir, et juste après, des coups de poing se sont mis à pleuvoir sur moi, sur ma mère, sur mes cris, et les siens. Puis tout s'est arrêté. Plongée dans le silence noir, je restai à grelotter de peur et de larmes.

D'une voix mécanique, ma mère répétait que c'était un mauvais rêve, une mauvaise histoire : nous avions été toutes deux cinglées, battues par le vent, la grêle, la neige, jaloux de la douceur du printemps.

Papillon a écouté. Elle parsème une feuille à cigarette de grains de tabac, égrenant les secondes, avant de répondre.

– Promis, ce soir j'te la finis ton histoire... Mais retiens que la violence, c'est un boomerang. Elle revient toujours dans la gueule de celui qui le lance.

Le Petit Poucet a échangé les bonnets de ses frères contre les couronnes des ogresses. Trompé, l'ogre a tranché le cou des sept filles : elles baignent dans le sang, elles baignent dans son meurtre.

Papillon poursuit :

– Une seule fois, y'a un type qu'a essayé de me pointer. Je l'ai regardé bien en face : « OK bébé, vas-y je suis prête », que j'lui ai dit. Le môme qu'il était s'est mis à chialer. On a parlé jusqu'à l'aube ; c'est devenu l'un de mes meilleurs potes.

Elle débouche sa troisième 8.6 avec le peu de dents qui lui restent, recrache la capsule avant de poursuivre :

– Pour éviter la violence, il suffit d'être pure, lisse

comme le miroir des eaux, pure, comme le blanc des cygnes. Alors, ferme les yeux et pense aux cygnes blancs.

Nez dans mon duvet, je me suis endormie comme eux, bec enfoui dans mes plumes.

Pourtant quelque chose me chiffonne encore : les enfants se sont enfuis, d'accord, mais l'ogre, lui, vient d'enfiler de grosses bottes, les bottes de Sept Lieues, comme celles qui ont écrasé le nez de Sam.

– Tu fais comment, toi, Pap, avec ceux qui ont de grosses bottes ? Les bottes des plus forts, ceux qui tapent, et cognent les plus faibles ?

– T'inquiète, j'vais t'arranger ça, moi.

Comment ? Pap, en fée qui s'ignorait, savait jeter des ponts vermeils entre réalité et contes. Les fées, seules, peuvent faire ce genre de choses.

6

Rêver... être libre

Plic-ploc-plac, il pleut plein mon sac.

Assise sur un seuil de porte cochère, mes bottes dessinant deux demi-lunes jaunes, je regarde les gouttes rebondir sur le caoutchouc jaune canari, que double une épaisse semelle bleu marine.

– T'es vraiment déguisée en poussin, raille Vincent, à cause de mon pull jaune.

Il ignore que ces bottes, taxées par Papillon à Nature et Découvertes ne sont pas des bottes en plastique comme les autres, mais... des bottes de Sept Lieues.

Fluorescentes la nuit, elles dessinent deux taches claires et je n'ai plus peur. Avec elles, comme l'ogre, je passe montagnes et fleuves.

Sam m'a bien proposé son gel lacry, et Loulou, qui s'en veut terriblement pour l'autre nuit, son cutter. Inutile : l'arme appelle l'arme. Mes bottes de Sept Lieues me suffisent. Je ne les quitte plus, et je dors avec.

Plic-ploc-plac, tombe, tombe la pluie, sur la peau de Loulou, grand enfant de la rue qui ne sent rien, ni froid ni brûlures de cigarettes. Les gouttes glissent sur sa peau comme sur les ailes blanches des cygnes et le trait bleu des canards.

Tombe la pluie sur les mèches noires de Sam, sa peau blanche de Normande. De temps à autre, elle boit une gorgée de sa grosse bouteille d'Ice Tea, se gratte la tête, les jambes, et un profond soupir déprime ses flancs.

– T'as vu, sans son chien, elle fait pas la manche, siffle Pap, mauvaise. Un animal, ça rapporte plus !

Sam, c'est le Petit Poucet abandonné par ses parents. Dans la forêt hostile, elle a construit, seule, sa pauvre cabane avec les fagots que les parents lui ont laissés. Ses seuls amis demeurent les loups, et, sans son colley, elle n'est plus rien.

– Merde, trois jours qu'il pleut, râle Pap. Les eaux vont monter.

« Parapluie ouvert, porte-monnaie fermé », dit le vieil adage de la rue. Sans soleil pas de manche, et sans manche pas de tabac. Pap n'a rien fumé depuis ce matin. Le manque de nicotine la met d'une humeur de dogue :

– Z'avez pas une cigarette ? Z'avez pas une cigarette ?

Elle accoste tous les passants, plutôt les parapluies noirs qui défilent devant nous.

Ce regard quémandeur, cette façon de se balancer d'un pied sur l'autre qui relève autant de la gêne que de l'alcool m'embarrassent.

– Ça m'aurait étonnée qu'tu dises oui, toi, avec ta gueule de bureaucrate, lance-t-elle à l'un d'entre eux qui ne lui a pas accordé un regard.

Enfin, elle a taxé une clope à une fille en salopette, mais la pluie a mouillé la cigarette. Elle jure, ouvre, ferme son sac à la recherche du Zippo, ne le trouve pas, court après la fille, redemande du feu, embarque le briquet, insulte la fille, enfin s'abrite sous l'arrêt de bus, poussant Salah d'un coup de reins. Imperturbables, les gouttes s'écrasent contre le verre.

La pluie dessine de petits cercles rapides, vite avalés par le fleuve. *Flic, flac*, les gouttes ruissellent sur le métal, tout le métal de la ville, les voitures, les fourgons des flics.

Soudain Sam s'est dépliée d'un bond : elle a vu les « voyageurs », ceux qui vont de ville en ville. Au milieu de leur troupeau de bergers allemands, un mignon, si mignon chiot, avec de grands triangles d'oreilles ourlés de noir lui retombant sur le nez.

– Avec ses punks, leurs spikes, leurs piercings, leurs chaînes à vélo, elle va nous attirer les keufs, grognonne Pap.

Elle a raison. Quelques secondes plus tard, autour de nous, on crie :

– Papiers, papiers !

Sam, Pap et moi dans le fourgon de police.

– C'est rien, Poucette, me dit Pap, c'est rien, t'es

une princesse enfermée dans un château. Regarde le pont-levis qui va se lever.

La lourde porte du fourgon glisse, latérale, puis se referme sur nous. À l'arrière, deux masses sombres, dont le bleu marine se confond avec l'obscurité ; leurs insignes brillent dans le noir. Pap me souffle encore à l'oreille :

– Ça, ce sont des dragons, des dragons gradés. Ils vont te poser des questions. Si tu réponds bien, ils te relâcheront...

– Vous savez que le racolage sur la voie publique c'est interdit ? demande le plus costaud avec un hot-dog, la bouche brillante de mayonnaise.

Sam le fixe dans les yeux, droit :

– File-moi ton hot-dog, et j'racole plus, répond-elle du tac au tac.

Je me ratatine, me rétrécis. À l'avant du fourgon, le haut-parleur de la radio scratche des voix agacées. Le dragon bleu va cracher du feu, la transformer en petit tas de cendres. Mais non, il répond seulement, en la tutoyant comme elle :

– T'as qu'à bouffer aux Restos du cœur !

Sam aiguise son œil gris, une mèche rouge retombe sur le piercing, elle va devenir mauvaise :

– Fermés l'été, j'te signale. On s'intéresse à nous dès que la température baisse.

– Hum, hum, fait Pap, battant des cils, tirant les plis de sa jupe sous elle, cherchant comment éviter la querelle.

– Suffit, vide tes poches !

Sam vide lentement le contenu de son Bombers.

Le flic a fait un bond étonnant de la part d'un dragon, pour s'emparer du gel lacrymogène mi-volé, mi-vendu.

– Con-fis-qué !

Et hop, il le jette à l'arrière du fourgon.

– Comment qu'j'me défends, moi ? crie Sam.

– Toi, te défendre ? Tu attaques, oui !

– Non, laissez-lui, je supplie. Elle sera sage comme une image : on lui a volé son colley.

– Vous avez d'ailleurs de la chance, les keufs, reprend Sam, ma chienne, elle détestait le bleu marine, comme moi. Elle mordait même le facteur !

– Un colley ? répond paisible le « keuf » en prenant son dessert, une crème brûlée, qui me fait bien envie. On a arrêté y'a pas longtemps un grand dadais avec une guitare, complètement défoncé, avec justement un colley femelle.

Silence, grand silence de Sam. Ses yeux gris luisent dans l'obscurité.

– Apparemment, le chien ne lui appartenait pas. On l'a mis en fourrière. La fourrière, tu sais ce que ça coûte ?

Sam savait. Soixante euros par jour, plus de deux jours de manche – la mise en fourrière restant l'un des rares moyens de pression sur ceux qui possèdent des chiens.

Sam ne peut plus, ne veut plus répondre, tant elle

a besoin de croire que Bordel s'y trouve. Des colleys comme le sien, c'est rare, et les dates coïncident.

À présent, le policier vide le contenu du sac de Pap. Il en tire le paquet de tabac Samson, du papier à rouler bleu pâle, Riz Lacroix, l'éternel étui noir et or de cartes, des pâquerettes séchées, une carte postale du Léman, un dictionnaire des rêves, enfin, un tube d'Efferalgan qui semble contenir tout sauf de l'Efferalgan :

– C'est quoi, ça encore ? dit-il en ouvrant le tube, en le reniflant.

– Subutex 2 milligrammes, sevrage héro, dit-elle, c'est mon médecin qui me le prescrit.

Au-dessus de nous, la pluie crépite sur le métal du camion.

– Mouais, répond l'homme en bleu.

Il n'a pas l'air méchant, il fait juste son travail. La porte glisse encore sur le côté. Grimpe un jeune homme, trente ans, en Perfecto, nez écrasé à la racine, sourcil gauche coupé en deux par une balafre.

Après avoir téléphoné au Fichier, le plus petit des dragons s'exclame :

– T'es connu des services de justice non ? C'est toi le boxeur qui tape sur tout ce qui bouge. Le moindre écart, tu replonges, OK ?

Et le gros commence à le fouiller au corps. Une main moite a soudain attrapé la mienne. Animée d'une force prodigieuse, la main du boxeur a ouvert mes doigts pour y introduire quelque chose de long, froid, qui ressemble au toucher d'une tablette de chocolat : une barrette de shit dans du papier alu.

Merde, j'ai pensé, merde, et je l'ai dissimulée dans la manche de mon pull puis planquée tout au fond de mon sac dans un quignon de pain.

Pierrette dans un fourgon de police, avec dans son sac du cannabis. Pierrette dans un manoir de métal, avec deux dragons qui vont lui poser des questions. Ça va être mon tour, je n'en mène pas large. Pièces d'identité en règle, d'accord.

– Vous dormez où ?

Ne jamais donner l'adresse du squat. Je m'efforce de songer aux lentes, douces navigations des cygnes sur le fleuve vert.

– Au foyer, près du couvent, avec les sœurs, ai-je menti avec aisance.

– Mariée ?

Depuis qu'il est mort, j'ai conservé mon alliance.

– Veuve, oui, j'ai répondu en prononçant le mot maléfique.

Le dragon n'a pas craché de feu ; il a vidé mon sac. S'y trouvait mon nécessaire pour vivre, qui se réduisait à peu de choses : un paquet de nounours à la guimauve, une brosse à dents, une bouteille d'eau. L'éponge rose d'écolier, c'est Pap qui me l'avait chipée à la librairie pour ne pas avoir les mains sales.

Le dragon fait soudain plisser sa cuirasse de toile bleue :

– C'est quoi, ces trucs tout au fond ? dit-il en prenant une drôle de mine que ses gants en plastique rendent encore plus dégoûtée.

– Des bouts de pain pour mes canards.

Sur le toit du fourgon, la pluie s'accélère. On dirait des coups de bec sur la tôle. Dans mon dos, je devine Pap immobile, assise, dans sa position de concentration, tête de côté, pieds et jambes ramenés contre elle. « Toutes les histoires finissent bien », semble-t-elle m'envoyer par télépathie. Toutes.

Dieu merci, le dragon a trouvé le livre de contes, en secoue les miettes. Il le feuillette d'un air distrait puis, de plus en plus attentif. Sur la gravure, le Chat botté a attrapé dans son sac un lapin de garenne, qu'il va faire porter au roi.

« De la part du marquis de Carabas », dit le Chat en saluant bien bas le Roi.

– Tu sais que tu ressembles au Chat botté, avec ton sac qui pendouille et ton pantalon trop grand dans tes bottes.

Une voix s'élève derrière eux :

– Et vous, vous êtes des marquis de Carabas, a répondu Pap qui les couvait de l'œil.

Elle tout craché. De temps en temps, elle lance des trucs qui estomaquent tout le monde, toujours sur ce ton monocorde et absent d'elle-même. Comme personne ne savait ce qu'était un marquis de Carabas, personne n'a répondu.

Des coups résonnent, ébranlent tout le métal du

camion, c'est Sam. Pap et moi, on se prépare à une bordée de jurons qui va éclabousser tout le fourgon.

– Les gradés, vous nous laissez sortir, maintenant ! crie-t-elle en tapant des rangers.

– C'est bon ! Dehors !

La porte latérale a grincé de nouveau ; j'ai pensé aux vieilles chaînes dans les douves. Si la rue, c'est le carton, mou, friable, la police c'est le métal, dur et froid. Perdu d'avance.

Après la pluie d'été, monte l'odeur d'une ville mouillée, mélange de fumées et de sèves sucrées, chaudes, des marronniers. Avec un sifflement doux, les voitures glissent sur la chaussée. Dans ce silence, accordé par les cieux, j'entends jurer Sam :

– Personne qui marche sur moi, personne ! gueule-t-elle en levant le poing.

– Ah, ces zonards, ils en font des beaux, de marquis de Carabas ! dit Pap, méprisante, désignant la bande que Sam rejoignait à grands pas. Dès qu'ils arrivent dans une ville nouvelle, tu les retrouves à la gare ou agglutinés devant le bureau de tabac, à la recherche de bons tuyaux.

Dans ses bras, Sam porte Tox, le petit chiot qui tire une minuscule langue rose comme les pattes des pigeons. Des pas rapides nous rattrapent. C'est le boxeur :

– Je voulais te remercier, dit-il. Sans toi, je replongeais. Fred, se présente-il.

– Il n'aurait pas eu de scrupules à te faire plonger toi aussi, murmure Pap.

Fred a une drôle de démarche, celle d'un vrai boxeur, nuque tendue, épaules serrées.

– Tu me rends ma barrette, s'te plaît ? C'est en prison que j'ai commencé la fumette. Dedans, t'apprends plus de mauvais coups que dehors.

– Bien sûr, dit Pap, il est innocent.

– Sorti aujourd'hui de taule. Pas une tune pour aller à l'hôtel. J'ai trouvé l'appart vide, les serrures changées.

– Si tu l'écoutes, il va te dire que sa femme vient de le quitter, me chuchote encore Pap.

Fred se baisse, ramasse une plume grise de pigeon, me la coince derrière l'oreille.

– C'est vrai qu'tu ressembles au Chat botté...

À la rue tout peut basculer d'un instant à l'autre : c'est ainsi que je suis devenue Chat botté.

– On est en squat, je lance comme ça, en consultant Pap du coin de l'œil, si tu veux venir...

Il a avalé sa salive en acquiesçant.

– Hé Pap ! Je l'amène au squat.

Pap durcit son œil, vert jalousie.

– Vas-y, crie l'adresse ! Que toute la ville l'entende !

Mais le soleil réapparaît à nouveau dans les flaques, la manche peut reprendre. Le ciel a viré, l'humeur de Pap aussi.

– Poucette, retrouve-moi à ma place.

C'est en conduisant Fred au squat que j'ai calculé que nous serions sept à y habiter : Sam, Pap, Norredine, Loulou, Vincent, Fred et moi. J'y voyais un signe du destin : sept comme les sept frères du Petit Poucet, les septs morceaux de mon assiette.

Je l'ai installé dans la chambre vacante, juste en face de la nôtre, et je lui donne mon passe :

– Surtout pas ! N'importe quel mec qui sort de taule te dira qu'il ne supporte plus le bruit des clefs.

– Bon, j'te laisse, je retourne voir Pap.

– Où c'est, sa place ?

– La fontaine, tu peux pas rater, c'est juste à côté d'un magasin qui vend des pianos blancs.

– Tu fais la manche, toi ?

Je me suis demandé ce qu'il fallait répondre. Être fière de ne l'avoir jamais faite, c'était avouer que je vivais aux crochets de Papillon. Il m'a tendu un billet, un gros billet. J'hésite.

– Profite, je suis dans une bonne passe, dit-il. Tu lui achèteras sa marque de clopes préférée.

Avant de descendre l'escalier, j'ai entendu un souffle, énorme, qui ne pouvait venir que d'une poitrine de dragon : torse nu, biceps gonflés, Fred comptait des pompes.

Détour par la gare pour faire la monnaie. Si je ramenais le billet, Pap m'assenerait l'une de ses phrases « Tant que tu tends ta main, tu tendras jamais ton cul » destinées à toutes celles qui se vendent à un moment ou un autre.

J'ai acheté ses cigarettes, des Vogues toutes fines, et un petit pain au lait. Je me suis rincé le visage, cheveux collés par la pluie, au « robinet des trains ».

Cette gare, je l'adore, avec son odeur de fer rouillé, de goudron, de partance et d'oublis poussiéreux. Et surtout cette machine qui délivre des oursons à la guimauve Lutti. Unique distributeur que les gitans ne peuvent s'amuser à boucher, la gare demeurant sauvagement gardée par une armée de policiers à grosses bottes.

Pour la manche, chacun sa méthode, ses règles, ses horaires. Rester assis au « tape-cul » ne rapporte rien, mais le racolage c'est interdit. La « priante », à la sortie des églises, était réservée aux anciens, comme Loulou, ou aux handicapés, et il ne serait venu à personne l'idée de leur piquer. Vincent, lui, je ne l'ai encore jamais vu tendre la main : il courait les salles d'attente des médecins, accumulant ordonnance sur ordonnance.

De tous, le plus malin, c'était Norredine : il cherchait les rues encombrées en centre-ville.

« T'en auras pour combien de temps ? demandait-il à celui qui mettait de l'argent dans la gueule vorace d'un parcmètre.

« Si la pervenche arrive, tu verras, t'auras pas de PV... »

Marché conclu. Face à un képi bleu interloqué, Norredine débitait alors une série de boniments, tous plus ahurissants les uns que les autres – propriétaire du véhicule coincé dans un ascenseur ; fille qui accouche –, allant jusqu'à mettre le ticket lui-même.

Ça marchait à tous les coups, comme la cueillette des champignons en forêt. Suffisait de changer d'allée et de pervenche.

Notre « place » à nous, c'est cette fontaine qui glougloute sans cesse, entourée de pigeons avec dans la gorge le même son de coulée d'eau.

Superbe planque, au cœur commerçant de la ville, que Pap a convoitée plusieurs années.

Pratique pour les toilettes – face au MacDo –, à condition d'avoir le code. Deux rues plus loin, un Shopi qui semble ne vivre que des bières et vins vendus à ceux de la rue.

Pap sait lire dans le regard des gens, rien ne la démonte :

– Hé, z'avez pas une petite pièce, z'avez pas une petite pièce ?

La première fois, non, je n'avais pas supporté les regards fuyants des passants, pires que les voitures à trois heures du matin sur l'autoroute qui baissent leurs phares lorsqu'elles se croisent.

À ceux qui ne la voient pas, plutôt, qui font semblant de ne pas la voir, elle lance :

– Hé, la rue du Sourire, tu connais ?

Ému, le passant souriait. Ça lui suffisait.

À mon arrivée, les pigeons s'envolent avec un bruit de linge qu'on secoue.

– Combien qu't'as fait ?

– Pas mal... Tout en pièces de deux.

Le fleuve de pieds, qui décrivait méandres et sinuosités, devient soudain plus rectiligne. C'est étrange comme cela arrive d'un seul coup, sans qu'on sache vraiment pourquoi.

– J'aurai plus un kopeck, regarde-les : ils s'arrêtent de flâner. Ils ont faim. Ou la lune qui monte. Bah, j'ai vingt, douze, dix, allez... quinze euros.

Avec Papillon, j'ai compris qu'avoir de l'argent ne change rien... D'ailleurs, je n'ai encore jamais souffert de la faim, sans cesse nourrie comme les pigeons ventrus et dodus qui arpentent le sol.

– Le meilleur, c'est gratuit, dit-elle. Le ciel est gratuit, l'air que tu respires, aussi. L'ondulation de la queue des chats, les ventres plats des jeunes filles, aussi. Quand tu payes, c'est mauvais signe.

Elle compte, recompte, s'embrouille, trois euros pour mon tabac, ma bière, tiens, prends le reste...

Avec ou sans argent, je demeure la même. Le reste, c'est des envies. Et les envies, soit Pap attend qu'elles passent, soit elle les taxe.

Elle a raison, je crois. Il ne faut voler que ses envies.

– Viens, on s'casse d'ici. Là-haut, sur les marches de l'église, on a une belle vue sur le fleuve.

D'ici, on voyait encore les cygnes qui dessinaient des points d'interrogation sur l'eau verte.

– On est quel jour aujourd'hui, Poucette ?

– Qu'est-ce ça peut faire ?

– Je veux juste savoir, si on est le 7 ou le 8.

Je feuillette son agenda-répertoire, pour le plaisir de voir danser ses notes, faites aux feutres pailletés, comme des fleurs champêtres. À la rue, tous possèdent des agendas ou des calendriers : dates, semaines restent bizarrement les seuls repères fixes.

– Nous sommes, dis-je, le mardi 7 juin.

– Tant que c'est pas un 8... Je tire jamais les cartes un 8.

Oups, mon pouce a fait une tache de chocolat. Juste au-dessus, un truc marqué au feutre rose m'attire :

– Mais Pap, t'avais un rancard aujourd'hui, avec le juge ! À trois heures !

– Bah, il est bientôt six heures. On est bien, là, non ? dit-elle en s'étirant.

Ce n'est pas moi qui vais la contredire : longtemps qu'il n'a pas fait aussi beau. Le ciel s'est habillé comme Papillon aujourd'hui ; elle porte une chemise imprimée de nuages gris et bleus.

Pap fouille son sac, enfile une paire de lunettes imitation Gucci, troquée à un black contre une prédiction, trouve le paquet de clopes que j'ai caché.

– Mes Vogues ! C'est cool ! Zouzou, Poucinou.

Hop, baiser mouillé de bière sur la joue. Se lève un vent, petit vent frais, léger, aérant la chaleur, ridant les eaux vertes. Les cheveux blonds des touristes s'envolent.

Ça fait partie des moments où il faudrait mourir tant...

– ...On est bien, là, soupire Pap.

Papillon lève l'oblique de ses yeux vers le ciel, un trait blanc d'avion contre le bleu.

– Y'a un brun qui pense à toi. Tu l'as abandonné, le Lucky Luke ? Tu l'auras jamais c'mec-là, lui, c'est le genre beau gosse mais solitaire.

– Comment tu sais ?

– Je les connais par cœur, ces Lonely Cow-boys. À la rue y'a qu'ça. Ils cherchent des filles qui les entretiennent, les soutiennent, genre Jolly Jumper.

– Fred nous protège, c'est un ancien boxeur, ai-je rétorqué.

– Lui ? Te protéger ? Tu délires, t'as vu sa gourmette ? C'est un Verseau : le signe le plus égoïste du zodiaque.

Papillon a déjà allumé une Vogue qu'elle tient entre ses doigts minuscules aux ongles noirs :

– Donc, aujourd'hui, nous sommes le 7. Lui, Verseau, toi, Poisson. De l'air, de l'eau, pas bon, ça fait des bulles, dit-elle en cherchant dans le fouillis la boîte or et noire des cartes.

– Mon bouddha ! ordonne-t-elle.

Signe de confiance ab-so-lue, c'est moi qui garde son bouddha noir, le plus petit des trois. Papillon ne peut tirer les cartes sans se recueillir avec ce porte-bonheur.

Cette fille croit en toutes les religions, tous les prophètes – Bouddha, Mahomet, Jésus, la Vierge Marie – sans oublier le zodiaque, les chiffres, l'ensemble n'étant qu'un tout, qu'elle bat allègrement comme ses cartes.

– Pense à lui, et tire cinq cartes. Hé, concentre-toi, sinon ça ne marchera pas, concentrée ! dit-elle en agitant devant moi la roue noir et or de l'oracle Belline.

Puis Papillon demande :

– Tu penses à quoi encore ?

Impossible de penser à Fred en voyant Salah me faire un signe du bonnet suivi de son fidèle Norredine.

Mais dans l'éventail, là, une carte me fait de l'œil. Pap marmonne une prière à son bouddha noir, auquel elle a même dessiné un petit cœur au vernis à ongles rouge, puis retourne les cartes les unes après les autres, avec une précaution toute savante et inspirée.

– Chat noir, trahison. Fais gaffe, tu les attires les chats en ce moment.

Seconde carte.

– La carte de la saison, l'hiver, le froid, ou la pauvreté. Rien de nouveau.

Troisième et quatrième carte, grimace affreuse.

– Fred va bientôt mourir.

Elle me sort ça comme elle dirait « file-moi une clope ».

– Comment ?

– Les règles de voyance interdisent de dire ce genre de choses.

– Les règles interdisent de lui dire à LUI, mais pas à moi, non ? Il va mourir comment ?

Pap mord dans sa brioche toute chaude, y laissant le moulage parfait du trou des dents :

– Éventré.

– Meeeerde.

J'aurais pas dû, pas dû, tirer ces cartes. Elle était connue dans le quartier pour ne jamais se tromper.

– La dernière carte, la plus importante, humm..., chais pas trop, dit-elle, en faisant la moue.

Elle hésite, allume la troisième Vogue :

– C'est la dernière carte, mais avec une autre bière, j'y verrai mieux.

Hum, hum. Je suis allée chercher une autre Bavaria 8.6, noire et or comme son étui. On s'est calées contre le mur du square. Le béton est étonnant de tendresse contre la peau ; on ne s'attendrait pas à autant de fraîcheur de sa part en été.

Papillon rote, lève les yeux au ciel, enfin interprète la dernière des cartes :

– La carte du chemin, la destinée. Je peux juste te dire que si tu te trouves avec lui ce jour-là, tu risqueras de crever avec lui. Dans les mêmes conditions, é-ventrée.

– Noooon.

– Si ! Mektoub, dit-elle en conclusion.

On laisse brunir nos bras nus aux derniers rayons du soleil. Depuis que je vis dehors, jamais je n'ai été aussi bronzée.

– Pourquoi, tu t'es appelée Papillon ?

– Mon prénom, c'est Valérie. Mais c'était le prénom de ma sœur, morte d'étouffement à trois mois, alors... j'ai changé. Le papillon, lui, l'est libre d'aller de fleur en fleur, celle qu'il veut, quand il veut. Poupinette, tu sais bien qu'à la rue, on ne vit pas longtemps. Pourtant, en vingt-quatre heures, le papillon vit autant qu'en plusieurs années.

– De quelle couleur il aurait les ailes, ton papillon ? ai-je demandé, alors que je connaissais déjà la réponse.

La couleur préférée de la rue, c'est le bleu. Vincent a tendu son appartement d'étoffes bleu nuit, les gitanes de Sam sont bleu cobalt, la lame du canif de Norredine porte l'œil bleu roi contre le « mauvais sort », et Loulou se souvient encore de sa première bicyclette taxée, bleu électrique.

Bleu pervenche, bleu myosotis ; bleu de toutes les fleurs, tous les rêves, qu'on projette en taches cobalt contre le gris des villes.

Papillon sourit. Deux énormes fossettes créées par l'alcool, mais deux fossettes quand même, avant de préciser :

– Mon papillon, il aurait les ailes bleu turquoise. Non, bleu roi, c'est ça, bleu roi.

Pap retrousse ses manches, roule les nuages de sa chemise :

– Ça, c'est quoi ? ai-je demandé.

– Mon tatouage de papillon, tiens !

– Non pas le tatoo, ces traits-là.

Je désigne une série de balafres qui se croisent, se recoupent, sciant sa peau de blonde, gonflée déjà par l'alcool.

– Suicide raté. Mon beau-père, il me battait, ensuite il me tapait pour que je ramasse mon sang. Après j'étais tellement amochée qu'il m'enfermait pendant des heures stores fermés, le temps que ça cicatrice. À douze ans, j'ai cherché les veines, avec des lames de rasoir.

– Ta mère, elle le savait pas ?

– Ma mère ? Comment veux-tu ? Elle faisait le tapin ; dans la journée, elle pionçait. C'est mon père qui l'a sortie de là, mais elle y est retournée. Mon beau-père, c'était son mac. Elle passait tous ses nerfs sur moi, soi-disant que j'étais cinglée. À treize ans, elle m'a fait interner dans un truc où y avait que des fous. Je me souviens d'un grand qui se prenait pour un avion. Voooouuuuuuuuuuu qu'il disait en écartant ses bras, ses ailes.

– Alors ?

– Alors, j'ai fugué, me suis retrouvée à la rue. Deux jours plus tard, une bande m'a fait prendre du Témesta, je me suis fait violer. J'avais treize ans...

Pap baisse pudiquement les yeux. Une mèche fauve a glissé sur son épaule nue, masquant son tatouage. Ses longs cils s'inclinent. Comme un papillon qui a refermé ses ailes.

– Ça ne m'a pas empêchée de me marier avec ce commis en librairie, un mec très calme en apparence.

Tout ce que je ne savais pas à l'école, il me l'a appris. Et Benja est né, il a commencé, puis Paul est né, et il a recommencé.

– À ?

– Cogner.

Pourquoi les coups, tous les coups, s'enchaînent-ils ? Pourquoi les situations se répètent-elles sans fin ni cesse, comme ce fleuve vert qui s'écoule dans un seul sens ?

– T'es pas partie ? T'as pas porté plainte ?

– À cause des enfants. Il a eu une promotion : chef de rayon, dans la plus grosse librairie du coin. Qui m'aurait crue ? Pour un peu qu'il leur dise que je buvais, et mes gosses z'étaient bons pour la DDASS. Alors, j'ai tenu le coup, pour eux.

Tant de souffrance, tant de coups, je n'en reviens pas. Je me demande comment elle fait pour tenir debout, là avec son mètre cinquante, sur ses pieds qui chaussent du 35. Ma vie, mes plaintes, m'apparaissent minuscules.

– Je n'ai de bons souvenirs qu'avec ma tante. Elle habitait à la campagne. Y avait du soleil sur les pommiers, des ruisseaux, des chats, des coquelicots. Elle a le don de voyance, c'est elle qui m'a appris à tirer les cartes :

« Oh, encore un chat, tout noir ! s'exclame-t-elle. Non, lui, il ne porte pas malheur. La tache blanche sur la gorge, c'est signe du doigt de la Vierge !

Très à son aise, félin, le chat explore son sac. Son

iris hachuré de vert et d'orange capte les derniers rayons dorés du soleil.

– T'as vu, le matou, il a aussi un bandeau blanc sur l'œil. Tous les jours, j'avais l'œil au beurre noir comme ce chat. Aux enfants, je disais que j'étais le Capitaine Crochet et je mettais un foulard noir sur l'œil. 'tain, ce qu'i fallait pas inventer, soupire-t-elle en grattant la gorge blanche du chat qui ronronne, vibre et résonne tout entier dans le noir de sa robe.

– Tu sais comment j'ai tenu ? Même bleue de coups ? Comment je chantais encore des berceuses à mes gosses ?

– Tes cartes ?

– Non. J'ai tenu grâce à l'illusion, l'imagination, Poucette. Tant que tu peux rêver, tu resteras humaine, même à la rue. Hé, avec tes nounours en chocolat, tu t'es fait des moustaches de chat, essuie-les.

« Quelle imagination, ce Chat botté, dit-elle en essuyant elle-même mes moustaches. Il faut que je te raconte cette histoire. Je commençais à en avoir marre de ta forêt avec les gosses paumés.

Papillon a commencé à lire, dans le ramage gris et rose des pigeons, qui ignoraient qu'ils étaient en compagnie du Maître Chat.

– « Un meunier avait trois fils : l'aîné reçut le moulin, le second l'âne et le dernier un... chat. »

Soudain, elle s'arrête, prise dans ses souvenirs qui généralement arrivaient en même temps qu'un certain degré d'alcool.

– Ma tante, tu sais ce qu'elle faisait, quand on allait aux mûres ? Elle prenait un grand panier qu'elle remplissait de pommes de pin. Par-dessus, elle étalait la couche de mûres, juste pour faire rager les voisins, leur faire croire qu'on avait cueilli un plein panier.

Sa tante ne faisait rien de moins que ce Chat botté qui réussit à faire passer son maître pour un marquis.

– « Que vais-je pouvoir faire d'un chat ? se lamentait le jeune homme.

« – Ne vous affligez point, mon Maître, vous n'avez qu'à me donner un sac et me faire faire une paire de bottes, et vous verrez.

« Grâce au sac, le Chat attrapait et offrait du gibier en présent au Roi, ébloui.

« – De la part du "marquis de Carabas", disait-il en saluant bien bas.

« – Oh, dit le Roi flatté, j'aimerais bien connaître ce marquis-ci ».

Devant nous les pieds s'agitent, entrant, sortant des magasins, portant de grands sacs blancs comme des cygnes.

– Sans rêves, la vie ne vaut pas la peine d'être vécue. Mais j'te cause des rêves, Poucette, des VRAIS, des rêves royaux, princiers. Pas leurs saloperies de rêves de vitrine qui se flétrissent dès qu'on sort de la boutique, dit-elle, méprisante, en soufflant la fumée de la septième Vogue.

« Enfants-mari-maison, j'ai tout eu, tout perdu. Je

n'ai plus rien, mais *je porte en moi tous les rêves du monde.*

Pas à pas, pierre à pierre, je découvrais une existence nouvelle, sans entraves ni limites. Un monde régi par d'autres règles, celles des nuages, des animaux. Le ciel, seul, décidait de l'argent qu'on aurait dans la main ; les animaux de ce que l'on en ferait.

Les voyageurs de Sam firent « le cercle » : le soir, ils déposaient l'argent de la manche afin de réunir les cent vingt euros nécessaires à la fourrière. Au bout de trois jours, Sam, radieuse, gravit les marches du squat, suivie de Bordel, fouettant les escaliers de sa queue noire et rousse.

« La rue, c'est la jungle », ai-je souvent entendu : c'est surtout un territoire plus riche de sensations que tout autre.

D'abord, on n'y est jamais seul. Un spectacle permanent de milliers d'êtres par jour. Très vite, ma vision dut s'acclimater à la ville, à ses lumières, sa robe nocturne étincelante de reflets rouges et jaunes.

Les odeurs aussi y sont plus fortes, plus âcres, plus humaines. Désormais j'aime l'odeur de Pap, son parfum de tabac blond, en poudre jaune couvrant doigts et chevelure, l'air soufflé de ses lèvres, telles les écailles, si fines, si légères des ailes de papillons.

J'ai aussi apprivoisé le brouhaha fait du grognement des voitures, des voix de toutes nationalités, du grésillement des musiques, le tout ponctué de klaxons, de cloches, de cris. Sans oublier cette marée incessante de pas martelant la plage d'asphalte.

Fatigants, peut-être, mais vivants comme les coups sourds du sang, le flux et reflux de l'organique qui tape dans les artères.

Que je retourne, seule, entre quatre murs ? Impossible. Trop souvent, on oublie que dans un appartement, le silence crie, hurle. À nos oreilles, il répète toutes ces choses qu'on ne veut pas, ne veut plus entendre.

Le soir, nous nous rassemblons, bande de mauvais garçons assis au seuil des portes. Nous accompagnent alors les bruits du crépuscule mauve : talons rapides décroissant dans la nuit, *clong-clong* des bouteilles vides sonnant sans fin sur les pavés.

Une allumette entre les dents, des yeux bruns si doux qu'ils semblent tout mouiller au passage, Fred attendrit toutes les filles autour de lui, sauf Pap. Dès qu'il a bu ses Desperados, Fred parle, parle. Rien ne l'arrête.

– Hé, Chat botté, moi aussi j'avais une cape comme toi, avec une étoile dorée dessus.

De ses poings énormes, Fred montre comment protéger son visage.

– Ma technique sur le ring, c'est parer. J'esquive, je pare, petit sauts – il sautille pour montrer – jusqu'à ce que l'adversaire se fatigue. Là, j'attaque, ma gauche, et je l'mets K-O.

Bouche ouverte, j'écoute cette nouvelle histoire, son entraînement spartiate : lever à six heures, douche glaciale, petit déjeuner avec un œuf gobé cru, et cinquante pompes d'affilée. À six heures trente, second œuf cru, encore cinquante pompes, ma vieille.

L'entraînement continuait jusqu'à huit heures du matin, pour atteindre le total de deux cents tractions. Un régime accompagnait le guerrier : jamais de sel, ni gras, ni sucre, pain admis mais sans levure, afin d'être le plus sec possible. Résultat, là, sous mes yeux :

– Touche, tâte les muscles ! dit-il fièrement en retroussant son survêtement Nike pour montrer le résultat : des mollets dessinés au couteau, jusqu'aux carrés de chocolat des abdominaux.

Loulou, d'une charpente telle qu'aucune graisse ne pourrait étoffer, l'écoutait et riait, riait, main devant la bouche pour cacher l'absence de dents.

Fred continuait de fanfaronner :

– Quand je suis arrivé à Fleury, les matons m'ont tous reconnu. Pour sûr ! C'est moi qui les avais entraînés.

Silencieux, Norredine tire sur sa cigarette, Pap donne un coup de coude à Salah, qui s'esclaffe bruyamment, sous son éternel bonnet bleu.

– *Zelt ouat far' ine* dit Salah en levant la main gauche.

– *Zelt ouat far' ine* répète Norredine en écho.

– Qu'est-ce ça veut dire, *Zelt* machin ? demande Pap.

– *Ouat* c'est « et ». *Zelt,* c'est le rien, mais alors n'avoir rien du tout, et *far' ine*, c'est... Comment qu'tu traduis *far' ine*, Norredine ?

– Ce que fait un roi, un prince au pouvoir, dit Norredine, *zet ouat far'ine*, c'est un homme qui ne possède plus rien mais se comporte en prince.

– Ah, dit Pap qui traduit tout en Perrault : marquis de Carabas.

– « C'est très simple de devenir marquis de Carabas, dit le Chat botté. Si vous voulez suivre mon conseil, votre fortune est faite : vous n'avez qu'à vous baigner dans la rivière, à l'endroit que je vous montrerai, et ensuite me laisser faire.

« Comme le Roi vint à passer dans son carrosse, le chat s'écrie :

« "Au secours, au secours, voilà monsieur le marquis de Carabas qui se noie."

« Hé, Poucette, fallait s'y attendre : le marquis de Carabas l'était à poil dans l'eau. Des voleurs lui ont piqué ses beaux habits, a raconté maître Chat. Le Roi l'habille et, comme l'imposteur était bien fait de sa personne, il séduit la fille du Roi.

Dans cette ville existent aussi des rois, parmi le beau monde qui passe le soir, en flux propre et huilé. Ils marchent en se pavanant, sortant de restaurants pleins d'étoiles, dans une buée de raisins et de champagne.

– Allez, à toi ! Faut bien que t'apprennes à taper, dit Sam, l'air de dire : ça te libérera de l'autre sorcière. Essaye au moins une fois.

– Comment qu'on fait, Pap ?

– Comme le Chat botté, pardi. Surtout t'attends le bon moment, quand le roi se promène, lalalalère, il a le temps, lalalère, avec son carrosse.

– Après ?

– Tu fais comme ce pauvre type qui n'a rien, et qui se jette à l'eau.

Alors, j'ai attendu, oui, un roi qui aurait le temps, qui flânerait. Ah, un couple d'amoureux. La femme au décolleté de soie bruissante a l'air de prendre le temps, le type en smoking, un peu moins, il fait tinter les clefs de sa décapotable.

– Une p'tite pièce, s'i vous plaît ? ai-je demandé comme on se lance dans un plongeon glacé.

J'entends ma propre voix et j'ai honte de demander, parce que je devine que je n'ai même pas le droit de demander. Le type braque froidement sur moi des yeux animés encore du reflet des bougies sur le cristal.

– On n'a rien.

Sa femme le pousse :

– Tu la prends pour une idiote ! Elle le sait très bien qu'on vient de dépenser cent euros au resto...

Elle court à petits pas vers moi, gênée par la cloche immense de sa robe en soie, se penche dans un parfum lourd de fruits. Elle ouvre son porte-monnaie et donne vingt euros. Ils s'éloignent, puis elle revient ; je me rappellerai toujours son visage gêné, empressé, aux yeux noirs et mobiles.

– Encore vingt euros, pour faire pardonner la bêtise de mon mari.

– T'as la baraka, toi ! m'a dit Norredine.

Tard dans la nuit, nous écoutons encore tinter les colliers, les clefs, froufrouter les jupes des princes et princesses du monde.

– Hé, z'auriez pas une p'tite pièce ? demande Sam.

La fille ne tourne pas la tête, passe devant nous, droite, reine. Sous le réverbère, un éclat de diamants, un éclat à faire mal d'injustice. Pas un regard. Elle ne concédera même pas à Sam d'être là. D'exister.

Elle pourrait répondre : désolée je suis pressée, ou : pas de monnaie, n'importe quoi. Mais non, rien. Nous n'existons pas.

Un même spasme nous parcourt tous, même déchirés d'alcool, transis d'humidité. Norredine hausse les épaules, Fred avale trois goulées bruyantes de Desperado, Vincent marmonne un juron étouffé, et Pap siffle par le trou de ses dents.

Sam, front têtu de Normande, yeux clairs d'enfant qui ne cillent jamais, se campe sur ses rangers.

– Elle porte au moins dix briques sur elle, et elle a même pas un centime !

Et Loulou se lève, bras écartés comme une oie, et

pousse un long vagissement alcoolique à faire fuir tous les rois du monde.

– « "À qui sont ces champs de blé, demande le roi au Chat botté.

« – C'est au marquis de Carabas.

« – À qui est ce château, là-bas ?

« – Toujours au marquis de Carabas" », répond le maître Chat.

Et puis, le Roi a demandé encore :

– À qui donc appartient cette ville traversée par le trait vert du fleuve ?

– Aux marquis des Pavés et du Macadam, a répondu Pap.

– Oh, a sifflé le Roi, admiratif.

Voitures bleutées ; serrures et portes lustrées de lune ; reflets des vitrines, la ville, TOUTE la ville nous appartient.

Nous sommes tous des marquis de Carabas.

7

S'emmêler, s'embrumer

– Ma sœur, elle veut que je fasse une curatelle, sinon, elle me reprend l'appart.

Roland montre aux autres, qui font cercle autour de lui, les lettres de sa frangine. Une écriture serrée, méchante, aux *s* pointus, hampes des *p*, *l*, bien inclinés vers la droite, vers le bon côté.

– J'te conseille pas, dit Vincent. Curatelle, tutelle, c'est la galère. Dix euros par jour, pas plus, tu ne peux rien faire, tu deviens un gosse.

– Un gosse ? C'est c'que je suis, dit Roland.

Et il sourit de ce beau sourire blanc, net, des gens qui ont encore un toit.

– Moi, je partais en taule pour trafic de stup, reprend Vincent.

– Oh, la taule, ça me connaît, dit Fred, t'en ressors essoré.

Fred fait le geste d'une serpillière qu'on tord, sous l'œil méfiant de Pap.

Les *naufragés des papiers*, sur leur maigre radeau, éclaboussés de vin, de bière, tiennent souvent de longs conciliabules près du pont.

CAF, CCAS, CPAM : autant de grosses bouées jaunes, éparpillées sur une mer agitée. Dans cette tempête, navigue un voilier aux ailes blanches et élancées, « le voilier des papiers » sur lequel personne n'arrive à embarquer.

– Toujours pas de Sécu, depuis que je suis sorti de taule, poursuit Fred.

– Va te faire domicilier au CCAS, conseille Pap.

– Et moi, braille Sam, j'ai toujours pas mes papiers, depuis la dépouille. Et sans carte d'identité, t'as plus droit à rien.

– T'as qu'à te souvenir de l'endroit où t'es née pour demander ton acte de naissance, ironise Pap.

– Arrêtez, elles vont encore s'arracher les cheveux !

Ce genre de discours énerve Loulou, il fait craquer les phalanges de ses mains larges comme des pelles. Pauvre Loulou, qui n'avait jamais rien compris, ni rien perçu. Personne ne savait s'il avait été enregistré à sa naissance. Lui-même ne savait pas qu'il existait.

Bizarrement, le mieux loti de tous reste Salah. Même s'il persistait à ne boire que du rouge et à squatter dans un abri de bus, il perçoit une confortable retraite de l'armée.

Moi aussi, j'ai eu droit à la marée de pièces justificatives à fournir. L'administration se dresse devant moi, voiles claquant de toutes parts, ne trouvant jamais ni le bon vent ni le bon cap. Où est cette dernière quittance de loyer jamais payé ?

Comme tous les naufragés des papiers, je possède pour seule boussole un agenda. Mais le temps a changé de consistance ; de linéaire, orienté, il est devenu étale, presque liquide. Temps de l'instant, temps de l'écume.

Ce dossier de RMI, je n'y comprends rien, je confonds tout. Papiers et histoires se mélangent comme les fragments de l'assiette, comme les morceaux de ma tête : *Le Chat botté*/ quittance de loyer/ *Le Petit Poucet*/ trois derniers bulletins de salaire.

Je m'emmêle, m'enchevêtre en moi-même. Parfois, je me demande si ma tête n'est pas plus embrumée, embrouillée que ce dédale administratif.

Pap et moi étions passées au centre des impôts. Entrée de sa démarche oscillante et rêveuse de moineau, elle en était ressortie écarlate, yeux roulant en tous sens.

– Ah, le connard, le connard !

« Le connard » c'est son mari, je commence à le savoir.

– Je fais la manche et regarde tout ce que je gagne, connaaaaaard, hurle-t-elle en agitant la photocopie.

Le « connard » la déclarait sur ses revenus. Pap criait comme un cochon égorgé, ses cris résonnaient aux quatre coins de la place.

– Diiiiiiiiiiiiiiiiiivorcée et voilà, je peux même pas avoir quatre cents euros de RMI...

Divorcée, elle l'était, sauf qu'elle n'avait jamais réussi à mettre la main sur son acte de divorce. Oh, moi, ce n'est guère mieux : je n'ai jamais retrouvé l'acte de décès.

– Calme-toi Pap, calme-toi !

Et je suis vite allée lui acheter du whisky au Shopi avant qu'elle ne se fasse embarquer par la police.

Pourtant en juillet quelque chose a changé : déclic, ouverture d'aile en envolée. Au rendez-vous pour « l'insertion », une fille toute bronzée qui revenait des pays chauds m'a posé LA question, je veux dire la bonne, celle qui donne envie d'ouvrir ses ailes, de s'envoler. Elle a demandé « ce que je voulais faire de mes mains ».

Bon. Si je n'entends rien aux études, mes doigts, ces dix antennes, connaissent leur chemin tout seuls. Puis elle a prononcé LE mot, celui qui fait rêver : « vannerie ».

J'ai alors vu le jaune des blés inclinés, des mains un peu noires tresser, tresser des paniers, et des paniers de Petit Chaperon rouge.

Organiser une telle formation, c'était assez compliqué, mais elle avait une amie qui travaillait au Conseil général quelque part dans le Sud. Si elle téléphonait, si elle appelait...

Promis, oui, tout pourrait démarrer dès septembre,

si et seulement si – elle avait bien insisté – mon dossier était complet.

Alors, je me suis procuré, enfin, Pap me l'a chipé, le cahier qu'on appelle de « bonnes résolutions » fait de pochettes transparentes reliées entre elles.

Enfin, j'ai trouvé une « direction ».

– Z'avez pas vu Pap ?

Son sac était vide, à moins qu'elle ne soit pas rentrée de la nuit. Dans juillet qui grimpait comme un incendie, le squat devenait intenable. J'ai accompagné Sam promener Bordel, au frais près de l'écluse.

Les eaux ont baissé, mettant à nu une bande grise de sable. Juste derrière, les gosses du camping municipal lancent des ballons rouges dans la chaleur.

De très bonne humeur, Sam a acheté un kilo d'abricots au marché ; elle crache les noyaux qui surnagent gentiment dans les eaux gonflées d'algues.

– Hé ! Sami, on est bien le 11 juillet, aujourd'hui ?

Sam songe à sa Loire natale qui ondule, bleue, dans la vallée ; là-bas, elle monterait bien un élevage de colleys.

– Sam ?

– Mmm, répond Sam, qui flotte et rêve à ses propres rêves, comme des algues apportées par la chaleur.

– Sam, arrête de jeter les noyaux sur les gens !

Elle tourne vers moi ses oreilles criblées de métal, son crâne fraîchement rasé, et me sourit.

– Tiens ! Prends ! Plus vite tu quitteras cette ville, mieux ce sera.

– Merci Sami, dis-je en fourrant le billet dans ma poche.

Bordel en s'ébrouant, éclabousse d'algues mortes et de boue mon cahier, Dieu merci imperméable.

La chaleur monte. Je m'abrite sous la serviette éponge orange. Le soleil filtre au travers, laissant de grandes hachures violettes et orange sur mon agenda. Tout marche à la perfection, ce matin : post-it sur le jour d'aujourd'hui, l'aiguille de l'horloge de la gare, qui rapproche l'heure du rendez-vous.

L'été partout. Ici, dans les villes, bientôt là-bas, sous les chapeaux en jonc. J'ai pris un abricot, en aspire toute la pulpe, ne laissant que la peau flétrie, molle, comme le disque du soleil, là-haut.

Et puis, de loin, j'ai vu arriver les emmerdes. Se rapprochent, grossissent deux silhouettes tremblant dans la chaleur, celle de Pap dans son jean bleu marine, et... une autre, de la même couleur, bien plus petite.

– J'te présente Paul, trois ans. Il va rentrer à la maternelle bientôt, pas vrai Paul ?

La minuscule boule bleue a pivoté sa tête ronde en direction du visage radieux de sa mère. Exactement en même temps, Pap et Paul se lancent un sourire d'adoration et de fossettes.

Papillon porte une veste asiatique, bleu turquoise avec deux petits flamants roses brodés sur le col Mao. Elle a lavé ses cheveux, les mèches fauves et brillantes sont retenues par des barrettes en forme de cœur. Je n'ose rien dire, tant elle paraît heureuse ; deux bougies bleues brillent dans ses yeux.

– Tu viens avec nous à la foire ? L'aîné a toujours adoré les manèges, Paul, lui, n'en a jamais fait.

Dire non, je n'ai jamais réussi. Quand je ne savais pas, je disais d'une petite voix, « je vais demander à mon mari », mais il n'est plus là pour me mettre en garde.

– Mon dossier de vannerie ? Mon rendez-vous, hein, Pap ?

– Oh, c'te grosse de la commis' d'insertion, je la connais. Elle est là tout le mardi, t'iras la voir après.

Un noyau d'abricot percute ma nuque.

– Tu devrais pas y aller, jette Sam.

– L'ange gardien, ta gueule ! rétorque Pap.

– Touche pas ça, petit ! C'est dégueulasse, crie Sam.

Accroupi sur la langue de sable, Paul retournait un poisson échoué dans son linceul gris tout brillant au soleil.

– C'est à force de bouffer des algues comme toi, qu'ils ont crevé les poissons, siffle Pap, à l'intention de Sam, et de son régime végétarien.

– Je comprends pourquoi qu'on t'a enlevé leur garde, occupe-toi de ton gosse : il bouffe les algues, persifle Sam.

– Touche pas, p'tit Paul, dis-je en lui ôtant des mains une poignée visqueuse.

Agenouillée, je ne peux m'empêcher de toucher le

poisson mort, ses yeux surtout. Froid, lisse et... collant. Bordel jusqu'ici lascive se gratte furieusement.

– La gale ! Il a la gale, ton clebs, exulte Pap.

Sam vient de critiquer son fils, elle, son chien... Si je ne fais pas quelque chose, elles vont se battre, même devant le petit.

– Mon chien l'est plus propre que toi, sorcière, je vais te crever les yeux, dit Sam en sortant un cutter.

– T'as gagné, Pap, on y va !

Je soupire et entraîne le couple Papi-Paul.

Dernier regard vers Sam :

– Mauvais plan, mauvais, dit Sam en secouant sa gitane.

De la fumée s'éleva vers le ciel.

De la cendre tomba dans la boue.

– La gale, c'est très contagieux, dit très sérieusement Pap, remorquant le petit. Si son chien a la gale, elle aussi, elle a la gale.

– A gal, répète Paul.

– Elle ne se soignera pas tant que son chien ne sera pas soigné, ai-je répondu.

Pap ne m'écoute plus, essuyant les mains de Paul toutes collantes d'algues et de poisson.

– Beurk, ça colle, ton poisson.

– Acol', répète le petit.

Monstre accroupi aux portes de la ville, la fête foraine lâchait des *tchhhhut* comme de gros râles. Le petit lui donnait la main, elle ne le lâchait plus ; soudés l'un à l'autre, ils marchaient vers la foire, qui leur lançait des clins d'œils complices, de lumières rouges et bleues.

Le bonheur se lisait sur son visage, éclaircissant son teint, et je me demandais la force qu'il fallait pour séparer une mère de son enfant. Enfin, comment avait-elle obtenu sa garde ?

– T'inquiète, m'a-t-elle répondu, ce qui m'a alertée davantage.

Imitant les vieux chevaux de bois, le manège ressemblait à un gros gâteau à la chantilly, orné de festons de crème rose pâle et pistache. Les miroirs projetaient les galbes dorés des selles, leurs naseaux nacrés que reflétaient les yeux écarquillés de Paul.

– Un tour de manège ! dit Papillon en essuyant la minuscule bouche barbouillée du sucre d'une pomme d'amour.

« J'te dis qu'il veut faire un tour de manège, répète-t-elle, en haussant le ton.

Avec ma lâcheté habituelle, j'ai esquissé un geste signifiant : moi je n'ai rien.

– Casse ton billet, je l'ai vu. C'est pas beau d'être radin, avec tout c'que j't'ai payé. Je te le rendrai, rajoute-t-elle.

Son « je te le rendrai », toute la ville le connaît. Honte de calculer que si je ne peux plus faire mes photos d'identité, je pourrai encore, avec les pièces restantes, acheter les timbres pour le dossier. Papillon a refermé la porte du carrosse sur Paul, mais dès que le manège s'est mis à tourner, le petit a tendu les deux bras vers elle, hurlant plus fort que toute la foire.

– Il a peur, dit-elle, je monte avec lui.

Signe de main du guichet.

– C'est payant pour les parents, file-moi encore deux euros.

Comment résister à cette mère qui tire sa force directement du regard suppliant d'un enfant de trois ans ? Elle tuerait pour ce tour de manège.

Le manège s'est arrêté, mais Pap, elle, continue :

– Du sucré, il me faut du sucré !

Plus tard, je saurai que le manque se manifeste par ce besoin de sucre. Alors qu'elle s'éloigne avec sa veste étincelante sous le soleil, je me dis qu'elle a maigri, à flotter comme ça dans son 501.

La voici de retour avec un paquet de nougat de Montélimar, et deux nuages roses de barbe à papa. Une pour moi, une pour Paul. Je ne lui en veux plus, tant j'adore la barbe à papa. Le cône rose masque le visage de Paul ne laissant dépasser que deux yeux bleus.

– A colle, a colle, répète-t-il avec tout le bonheur du poisseux.

Reste un euro.

– Fais-lui faire une pêche au canard, ai-je proposé.

Tant mieux si des canards en plastique jaune, un carrosse en bois feront que je ne pourrai plus compléter mon dossier.

Tant mieux, tant pis. Mektoub.

Soudain une Audi grise s'est arrêtée à notre niveau. En a surgi un type en imperméable, qui saisit Pap par le col, la secoue comme s'il s'agissait de rien, d'une feuille morte.

Tout en lui était bien coupé, propre, tout en elle sale et chiffonné. En lui, violence, décision ; en elle faiblesse, résignation.

– Le juge te l'a interdit ! T'as même pas le droit de visite ! Ne touche pas à cet enfant ! Camée, droguée ! crie-t-il en lui prenant Paul des mains.

– Je suis sa mère, je suis sa mère ! hurle-t-elle, arrachant à nouveau Paul.

Deux à tirer Paul, l'un par un bras l'autre la cuisse. Prêts à le déchirer.

– Pouvez pas lui laisser, juste aujourd'hui ? ai-je demandé, conciliante, en m'interposant entre les deux.

– Vous êtes aussi folle qu'elle ! Valérie n'a aucun sens des responsabilités. Elle a enlevé cet enfant à sa nourrice, en-le-vé !

– Tu lui fais mal ! Tu vois bien qu'il veut rester avec moi ! dit-elle en arrachant Paul.

Paul crie à tue-tête, Pap hurle contre son mari qui hurle aussi, parmi les *pssshhht* des manèges qui descendent, montent, tournent sur eux-mêmes dans une odeur de gaufre brûlée.

Pap a tendu un doigt tremblant vers la foule :

– Lui qui me fait la morale ! Il me battait tous les

jours que le Bon Dieu faisait, matin, midi et soir. Demandez à l'aîné dans la voiture, il a tout vu !

À l'arrière de l'Audi, un enfant plus âgé, sept ans peut-être, écoutait, pâle et terrifié.

Papillon harangue la foule, qui nous encercle peu à peu. Ça, elle sait faire, parler aux gens, rallier à elle.

– Il me cognait, cognait, je ne disais rien, pour pas que mes enfants partent à la DDASS.

– Viens, Pap, on s'en va...

Je la tire par la manche imprimée de flamants roses. Mais un cercle de badauds se forme, paisible, observant ce nouveau divertissement de la souffrance.

– Tu ne t'en souviens pas que tu me battais, gros porc, le provoque-t-elle, pommettes toutes rouges.

Soudain il la pousse en arrière, arrache Paul de ses bras et claque vite la portière de l'Audi.

La dernière insulte claque aussi :

– Ivrogne !

– Pap, Pap ! je crie parmi les pin-pon des autos tamponneuses pour tenter d'effacer cette dernière phrase.

Papillon baisse la tête, un peu de côté, fixant ses ballerines déchirées.

Elle a ensuite disparu. Je savais qu'elle devait pleurer quelque part, derrière la guérite d'une grande roue qui tournait en vain.

– Ce n'est pas parce que je bois que je ne les aime pas ! a-t-elle murmuré, juste avant de s'évanouir dans la foule. Quel rapport entre la drogue, l'alcool et l'amour ? Qui peut en décider ?

Besoin de prendre l'air. Un jour d'été brûlant, qui ne veut pas s'éteindre. Oui, je sais qu'on est libre, tellement libre qu'on en devient seul, terriblement seul.

15 heures à peine, temps encore d'aller à mon rendez-vous, mais je n'ai même pas l'envie d'essayer. À la rue, il suffit d'une fois, c'est toujours la mauvaise.

J'ai dû marcher une bonne heure, main crispée sur le bâton.

Non, je ne veux pas lâcher ma barbe à papa, dernier rêve rose qui tremble dans le vent. De l'autre côté du fleuve, apparaît encore le dos de la foire, hérissé de grues, de manèges. J'entends ses musiques toutes différentes, sonnant de toutes parts, comme un réveil fou.

Sur le fleuve, un cygne s'arrache péniblement de l'eau et bat des ailes. Ça paraît difficile de s'en sortir à présent.

La chambre sent fort le désordre, le tabac, les pieds. À terre Salah ronfle, bouche grande ouverte. Il ne dort bien que par terre. Il ne restera pas longtemps ici ; il a horreur d'être enfermé et repartira en ayant fumé toutes nos clopes.

Le sucre s'est propagé partout, sur les poignets, les doigts, et même le cou. Vraiment pas le truc à manger à la rue... Je me suis rincé les mains dans la petite bassine rose, dans laquelle on lave nos affaires. Y barbotent une cuillère, une casserole et des chaussettes violettes.

Comme chaque fois que ça va mal, Papillon se tenait jambes de moineau repliées, regard bleu éteint, absente d'elle-même.

– T'es déjà là ? C'est la guigne, la poisse, hein ?

– Papillon, raconte-moi une histoire où ça colle...

J'entends encore son rire blessé par l'alcool, meurtri par le tabac. Et devine les deux lumières folles dans ses yeux.

8

Coller... poisser

Ça commençait comme dans *Le Petit Poucet* : faute de nourriture suffisante, la marâtre a décidé d'abandonner le frère et la sœur, Hans et Gretel, en pleine forêt. Ils se perdent, mais dans la forêt sombre, se dresse devant les enfants affamés une merveilleuse maison : tuiles de chocolat, murs de nougat.

– Pourquoi la sorcière, elle mange pas le chocolat des tuiles ou la meringue de la porte, Pap ? ai-je demandé.

– Les araignées, tu crois qu'elles bouffent leur toile ?

Comme les maisons tout miel, tout sucre, comme la poix des pièges, ici, tout colle, poisse jusqu'au vertige.

« La poisse... », disait Pap.

Oh oui, dans tous les sens du terme. La vie à la rue, ça colle, poisse, mélasse. Crasse dans les cheveux en plaques grasses, crasse dans les vêtements, qui tiennent tout droits quand on les ôte. Sans oublier les fumées de voiture, la pollution qui envahit les orifices – narines, bouches, oreilles. Même si je conserve toujours la petite éponge rose dans mon sac, la saleté s'incruste sous les ongles.

Les villes maudites transforment les enfants perdus en gnomes aux ongles et dents noirs.

Mais Pap m'entraîne vers des régions plus dangereuses, vers des pièges gluants d'où on ne peut plus sortir : l'alcool d'abord, sous tous ses degrés, cette boisson miracle qui hydrate-nourrit-réchauffe et entretient les rêves.

Aux bières et alcools blancs – gin, whisky, vodka – dont raffole Pap, je préfère le Listel sucré, cidre à la rigueur, et lorsque la manche me le permet, les liqueurs, de mûre et cassis.

Et j'ai encore taxé une gitane à Sam. Je fume parce que ça me remet les idées en place, ça me les fixe, après le reste de la bouteille de Bailey's crémeux et enivrant à souhait.

J'aspire, je souffle la fumée, suis les tourbillons qui me libèrent de la pensée. Je ne suis rien de plus qu'une cigarette qui se consume, rougeoie dans le noir.

– Tu m'en veux encore pour ton dossier ? demande Pap faisant sa voix sucrée, plissant son nez.

– Non.

Comment lui en vouloir ? Elle et moi, enchaînées par deux courroies de malheur, l'une entraînant l'autre.

– Tu comptais peut-être me laisser toute seule, pour tresser des paniers ? Te séparer de ta Papi ?

Vivre sans elle ? Impossible. Jamais je ne saurais aussi bien qu'elle pailleter le réel, le mélanger au rêve.

– Si on se payait des vacances, toutes les deux ? Dans le Sud, là où ils font des paniers ?

Et elle rit. Plus elle me voit déconcertée, plus elle rit.

Rire éclatant, triomphant. Rire interminable, immaîtrisable. Rire d'enfant, rire du diable.

Deux idiotes qui font du stop.

– T'as l'adresse de ton stage de vannerie ?

Euh, oui, quelque part, je ne sais pas où, mais je l'ai, naturellement.

Les voitures passent, fauves hurlant sur l'autoroute. Entre deux bouffées brûlantes de gaz irritants, Papillon menace du poing les bagnoles :

– Deux heures qu'on fait du stop ! Salooooope, arrête ! Avec leurs bagnoles, leurs skis nautiques à cent patates, qu'est-ce ça pourrait leur faire de prendre deux pauvres filles !

Une heure plus tard :

– Lui, lui, il ralentit, il va s'arrêter ! Cours, cours, Poucette, moi j'peux pas, j'ai trop bu.

J'ai couru vers une vieille R5 verte, qui ressemble à une grenouille soudain stoppée dans ses sauts vers la mare.

Un jeune couple d'Allemands : des scientifiques parlant assez bien français.

Durant deux cents kilomètres, ils nous ont raconté

qu'ils partaient observer l'arrivée des flamants roses en Camargue.

La fille, deux nattes se divisant en fourche blonde sur son dos, souriait tout le temps. Lui, malgré ses salopette et sandales, semblait accablé par tout ce travail qui l'attendait : récupérer les oiseaux bagués, analyser distances, heures et vitesses de vol.

Il faisait chaud dans la voiture, une bonne chaleur à s'écraser sur les sièges, qui laissait présager le Sud, la mer, le sable et tout le bleu.

Mais rien n'est jamais parfait, le bonheur n'a pas le droit de durer trop longtemps ; il faut que Pap le détruise.

Elle s'agite sur le siège élimé :

– Là, dans les champs de blé, des coquelicots ! Des coquelicots ! Arrêtez-vous !

– *Verboten*, a répondu le conducteur discipliné, car nous étions sur l'autoroute.

– Y'a pas meilleur pour les nerfs que la tisane de coquelicot. Quel abruti ! Avec son vieux cageot qui roule à cinquante, on pourrait ouvrir la portière, se pencher pour les cueillir.

Quelques minutes plus tard :

– On peut fumer dans votre caisse ? J'ouvre la fenêtre, pour pas déranger.

Sans attendre la réponse, elle se roule une clope qu'elle tasse avec l'antenne de téléphone, l'allume avec le Zippo. Cette fois-ci, c'est la fille qui s'agite en faisant non, non, de la main.

– Oh, là, là, sont vraiment serrés-du-trou-du-cul !

Le vent a emporté la cendre brûlante la projetant à l'avant sur le tableau de bord. J'ai vu le mec littéralement faire un bond dans sa salopette, et les nattes de la fille se dresser sur sa tête.

Un grand silence s'est établi dans la voiture jusqu'à Dijon. À Mâcon, Pap s'aperçoit qu'elle n'a plus de papier à rouler, ca-tas-tro-phe.

Elle aurait pu s'en passer encore quelques minutes, le gars lui a même proposé de s'arrêter à la prochaine station, à Lyon. Non, elle a ordonné de prendre la première sortie, pour quitter l'autoroute.

Comme il refusait :

– Descendre, je veux descendre !

Et elle a ouvert la portière de la R5 qui roulait.

Épouvanté, le couple nous a aussitôt lâchées à la première sortie.

C'était un bled paumé dans le Jura.

Marcher plus de trois heures dans le cagnard, pour trouver un village. L'unique épicerie était fermée. Il a fallu attendre qu'elle ouvre, mais on n'y vendait que de la saucisse de Morteau, pas d'OCB, ni de Riz Lacroix.

Faire du stop encore jusqu'au bourg suivant ; enfin, on a trouvé ce qu'on voulait. En prévision, on a racheté du Samson, des litres de 8.6 pour elle, et de Listel à la pêche pour moi, le tout dans des sacs plastique qui se déchiraient peu à peu.

On a réussi à rejoindre la bretelle d'autoroute, ragaillardies par ce qu'on avait bu.

Il faisait nuit déjà quand on a tendu le bras pour faire du stop. Les camions nous envoyaient de grandes lampées de phares jaunes et des gestes obscènes. Une camionnette grise, avec du bois dépassant à l'arrière, s'est enfin arrêtée. Au volant, un vieux, avec de grosses chaussures crottées, le bout des oreilles violacé.

– Monte pas, on va se faire violer !

– Meuh non ! dit Pap. C'est un campagnard, le papa du Petit Poucet qui va faire ses fagots. Lui, il va nous abandonner au bon endroit, tu vas voir.

Nenni, il prenait la mauvaise direction. Normal, avec le dédale des sorties, l'alcool et la chaleur, on s'était trompées de voie, on allait vers l'est.

Parfois je me demande si elle ne fait pas exprès de tout faire rater. Ou si nos cerveaux ne sont pas des écheveaux de nœuds ; quand on tire d'un côté, ça se resserre de l'autre.

Dans la camionnette bringuebalante, j'attrapais de temps à autre le regard du vieux satyre dans le rétroviseur. Sur le siège plein de boue, traînait un vieux numéro du *Figaro magazine* « Spécial vins, comment les choisir ».

Pap prend son air inspiré pour le feuilleter. Champagne, chinon, vouvray, reflets ocre sur les feuilles de vignobles ronds, bien rangés au soleil.

Le chauffeur a jeté un œil oblique dans son rétro :

– Y en a qui sont du bon côté de la barrière, hein ? Les autres se cassent les reins pour ramasser leur raisin.

Pap lui a décoché son plus beau sourire militant et convaincu.

Sur la photo glacée, le capot verni d'une Porsche, une pelouse anglaise et la nappe blanche sur laquelle pique-niquait la propriétaire du château.

– « Les bébés, le chien, les jumelles : Lorraine R, propriétaire du château M, est très famille », lit Pap à haute voix.

Elle adresse une grimace aux deux bébés en bonnets de dentelle immaculée, à la mère-propriétaire de la demeure avec ardoises et volets blancs. Lorraine R, joues un peu rouges, arborait cet air avide, lippeux, de qui aime bien boire. Le regard bleu de Pap se fixe. Elle semble se parler à elle-même.

– Une nénette avec du fric, jamais on lui retirera la garde de ses gosses.

– C'est injuste, conclut l'autre devant, un peu ému. Injuste.

Tout heureuse, Pap lui a roulé une clope, bien tassée. Alors, le type semble s'ouvrir un peu, comme ces vieilles armoires paysannes, fermées à double tour. Il raconte qu'il va faire les vendanges. Ouais, ça c'est bien payé, très bonne ambiance, et, le soir, on boit à vo-lon-té.

Avec sa voix de Chaperon rouge, de petite fille brisée, Pap demande – à tout hasard – s'il n'y aurait pas besoin de main-d'œuvre. Oui, qu'il dit, on peut essayer, oui qu'il dit, il connaît le patron, on verra.

Pap tout craché, bouleversant sa vie, ses plans, juste

pour des inconnus. Avec elle, la vie est roulis, tangage permanent, prête à embarquer sur n'importe quel canot. Et moi avec.

Vu d'oiseau, le coteau dessinait des grands losanges verts. Vus d'en bas, les humains, leurs seaux, peinaient à grimper les rangs de vignes.

– P'tain, ce qu'j'ai mal au dos !

Se baisser, se relever, porter le seau, recommencer, le jeter dans la hotte du porteur... À force irradiait un mal de dos, en ligne de feu, depuis la nuque jusqu'aux reins. Dans son bleu déchiré, le patron cueille et se baisse avec nous :

– Le plus dur, c'est le premier jour. Demain, vous aurez des courbatures, mais ça ira mieux.

– Des gants, voilà ce que j'aurais dû amener, tiens, comme la grosse qu'a des gants de vaisselle roses, peste Papillon.

Des gants, car ça poisse, ça colle partout, depuis le seau, le sécateur jusqu'aux grappes elles-mêmes, collantes, visqueuses à souhait. Même le pressoir crache une bave rose et sucrée.

– Alors l'équipe des bras cassés, ça avance ? plaisante le patron.

Il faut reconnaître que nous n'étions guère plus productives l'une que l'autre : Pap à rouler sans cesse son tabac, quand elle ne ramassait pas les coccinelles pour les sauver du pressoir, et moi à courir au robinet d'eau pour me rincer les mains.

Il avait plu. Mes bottes de Chat botté – de Sept Lieues – s'enfoncent dans la terre fuyante et molle. Pap patauge aussi dans la boue, dans son incapacité à agir. Inactivité, passivité, oisiveté, collent tout autant.

– La maison en sucre de Hans et Gretel, c'est de la gnognotte à côté, grommelle Papillon. Vivement midi, qu'on fasse une pause.

Pap secoue les doigts où adhèrent des brins de tabac collés par le sucre de la vigne. La feuille bat comme un papillon blanc.

– Hé, merde, j'arrête. J'attends le déjeuner.

Car nous étions nourris, et bien, d'énormes sandwiches tirant une langue de jambon rose donnant l'impression de dévorer sa propre langue. À boire, oh oui, à boire de la limonade à grosses bulles, et, surtout, la cuvée de l'an dernier. Papillon enchaînait les unes après les autres les bouteilles du propriétaire.

– Il est bon, le p'tit blanc du patron, hein ? lance le vieux qui nous avait prises en stop.

– Ouais, l'est bien fort ! dit Pap en terminant la deuxième bouteille.

– Il a fait très ensoleillé, l'an dernier. Bien mieux que la flotte de cette année, et on a titré à treize degrés, dit-il en lui reluquant les fesses avec un plaisir évident.

Tous deux paraissaient embués de cette chaleur moite des corps partagés ; je me suis demandé s'il ne l'avait pas déjà sautée.

La chaleur, ou l'effort peut-être, on dirait que Papillon boit de plus en plus – à moins que je m'en aperçoive mieux : ici, elle ne peut rien acheter en douce.

Après le repas, Papillon traîne, non, zigzague parmi les pieds de vigne. Camouflée derrière le tracteur, elle a tiré de son sac une bouteille de vodka qu'elle boit au goulot.

– D'où ça sort, ta Smirnoff ? ai-je demandé, un peu agressive.

– Le cochon en velours, dit-elle, évasive.

Je commence à comprendre l'histoire des michetons.

– En échange de quoi, s'il te plaît ?

Elle, piquée au vif :

– De ta maison en sucre, tu crois qu'tout le monde s'en tire ? La sorcière, elle a mis Hans en caaage, aboie-t-elle, en ouvrant grand le trou des dents sur le *a*.

J'aurais mieux fait de fermer ma gueule. Sans se soucier de moi, elle vide son litre de vodka, adossée contre la roue jaune et verte du tracteur.

Le second jour, je cueille mieux. Gants de vaisselle prêtés par une habituée, je double Pap, pour me trouver face à un type d'une trentaine d'années, à la figure chevaline, mais aux yeux sablés d'or. Maçon, il allait de chantier en chantier, ajoutant de-ci, de-là des petits boulots de saisonnier.

– Vous montez le rang avec moi ? demande-t-il.

Ses pas s'enfoncent dans la terre, au même rythme que mes bottes. Pour m'aider, il jette le contenu de son seau dans le mien. Coup d'œil vers Papillon : elle n'a rien vu, occupée à terminer les restes de bouteilles du déjeuner.

Je lui ai avoué aussi que j'étais v... enfin, que j'avais perdu mon mari. À sentir ce regard brûlant sur moi, la chair et les envies frémissent soudain, comme les feuilles de vigne sous le vent.

Je le regarde, il me regarde, au travers des feuilles transparentes de soleil. À pleines mains, j'attrape les grappes de même volume qu'un sexe d'homme. Il me demande si c'est bien, la grange, pour dormir.

Non. Je ne suis pas encore prête. Car j'ai déjà corrigé ses yeux, y substituant d'autres prunelles, un autre éclat solaire. Doigts sur le sécateur, je bloque mes souvenirs, tous.

– Demain, les deux fainéantes, ne commencez pas à onze heures ! jette une dernière fois le patron.

Difficile d'arriver à l'heure. Difficile de perdre cette habitude de ne rien faire, celle de ne plus faire, ne plus lutter. Le « ne plus » de la rue, le soi pétrifié, paralysé sur place. Maison tout sucre, tout miel du maléfice poisseux.

Le soir, dans la grange, nous chuchotons, telles deux adolescentes. L'odeur nourrie et trapue de l'étable semble dessiner une forme rassurante.

Pap apporte deux bols fumants de tisane aux coquelicots. Excellente pour les nerfs, paraît-il.

– Tu crois pas que tu bois un peu trop, ai-je hasardé, alors qu'elle finissait ma bouteille de Listel.

– C'est la vie qui rend dingue, pas l'alcool.

– Et si tu faisais un sevrage ? ai-je demandé, tout en connaissant d'avance sa réponse.

– Peuh, crache-t-elle. Loulou m'a raconté. Une « cure de dégoût », qu'ils appellent ça. Ils te font boire du pastis à cinq heures du matin, puis te donnent de l'Espéral pour te faire vomir. À la sortie, ils te cousent des médicaments sous la peau du ventre. À chaque gorgée d'alcool, tu vomis tes tripes. Loulou a cru devenir fou, il s'est ouvert le bide avec son cutter pour tout arracher et il a fini aux urgences...

« Bois ta tisane pendant qu'elle est chaude, ajoute-t-elle en s'attaquant au cidre. Les psys, tout ça, pour quoi faire ? poursuit-elle en essuyant la mousse sur ses lèvres. Mon système nerveux, il déconne, OK. Mais je sais pourquoi.

Enfant, me confie-t-elle, elle se cachait sous la table comme le Petit Poucet pour écouter les conversations des grands. Là, elle terminait tous les verres : première cuite à... cinq ans.

Des algues mauves emplissent ses yeux, pour me parler de son père, mort de froid, de faim, dans un studio de neuf mètres carrés.

– Il m'adorait. L'était Gémeaux comme moi. Quand j'ai appris sa mort, il était enterré depuis plus d'une semaine. Ce jour-là, ma nourrice qui me foutait dans le grenier m'a donné un morceau de galette des rois. Ce jour-là, c'était un 8. Tu m'croiras pas, depuis j'ai toujours la fève. Fais-moi tirer, Poucette !

Et elle aspire une profonde bouffée sur le joint, s'enfonçant, souriante, dans les vapeurs jaunies du cannabis.

– Depuis, tous les 8 me portent malheur. Pour la naissance de Benjamin, j'ai eu mes contractions le 7 au soir. Débrouille-toi pour qu'il ne naisse pas un 8, que j'me suis dit. J'ai sauté comme une malade. Ben si, il est venu le 8 à minuit. Le matin du 8, le connard, il m'a cognée. Ouais, à la clinique.

Autant de coups sur la même personne... Ça aurait quand même pu être réparti. Cette fille, je la regarde toujours comme un oiseau qui vient de traverser une tempête et qui lisse tranquillement ses plumes.

– Mes parents, z'étaient tellement pauvres que j'ai dormi dans mon lit de bébé jusqu'à mes huit ans. Oh, je m'en souviens encore : un lit en bois avec des barreaux blancs. Mes pieds dépassaient et je me coinçais les chevilles entre les barreaux.

– Une cage ?

– Ouais, un lit-cage, Poucette. Toi, quand t'as une idée, tu l'as pas ailleurs, hein ?

Bien sûr que je repensais à la cage de la sorcière dans la maison en sucre. Papillon se cale contre le foin, cherche la page, s'emmêle puis jette le livre.

– Je connais la suite, va. La sorcière a fait prisonnier Hans.

– Pourquoi Hans seulement, pourquoi pas les deux ?

– Parce que c'te bêtasse de Gretel est devenue la bonniche de la sorcière. Elle fait la tambouille, va chercher l'eau du puits, doit nourrir Hans pour qu'il engraisse. Y'a que les femmes et les ouvriers pour se faire exploiter comme ça.

Là-dessus, elle bâille, et s'écroule, ivre de sommeil et de vin blanc. C'est moi qui ai bu la tisane.

Le troisième jour, se leva le vent. Je crains le pire : le vent éteint toutes les cigarettes, enlève tous les bobs. Papillon est dans son état habituel de débordement, d'énervement, de montée des eaux. Il faut imaginer ça, sécateur en main.

Face à face, montant un rang, nos mains se frôlent à chercher les grappes vertes qui se confondent avec les feuilles. Nos sécateurs se croisent, se contredisent.

– Si c'était du raisin rouge, comme les vignes à côté, eh bien, on le verrait mieux, dit-elle, avec cette lucidité du manque qui ne laisse jamais, jamais rien présager de bon.

Je ne réponds pas. Je me concentre sur ces putains de grappes, vrillées sur elles-mêmes.

– Ceux du coteau d'en face, ils sont pas payés comme nous à la cagette, mais à l'heure, poursuit-elle. Le patron, c'est un sale capitaliste !

Doigts crispés sur les branches froides de mon outil, je repense aux barreaux de la cage, au petit Hans que la sorcière veut dévorer.

– Laisse, cette grappe l'est pour moi ! vocifère Pap.

Soudain *clac* ! Les lames de mon sécateur ont saisi la pulpe de l'index de Pap, l'ouvrant en deux.

Sang, sang partout. Une seconde, durant laquelle je m'émerveille de sa couleur rouge garance, avec une pointe de violet, de noir.

Rouge qui gicle sur le sécateur, sur les reflets jaunes des feuilles, sur le brun de la terre, effaçant, anéantissant toute forme, toute couleur, de par sa seule puissance, couvrant les cris de Pap, mes pardon-pardon balbutiants et même les gants roses que la fille derrière agite en l'air.

À pas pesants, le patron grimpa le rang, yeux allumés d'une longue exaspération. Il faut reconnaître que Pap n'avait pas dessoûlé de la nuit.

Apparemment, c'était chose fréquente que de se couper, ou plutôt s'entre-couper, mais ça pissait le sang, parce qu'elle avait bu. Il eut quand même la gentillesse de la désinfecter lui-même. Ce n'était pas une si grosse plaie que ça, mais c'était douloureux.

Pap avala un comprimé, si vite que moi seule pus m'en apercevoir. Un sourire de satisfaction apparut sur son visage, sorte de bonheur spirituel qui n'était que chimique.

Elle lui présenta ses excuses, mais c'était un peu tard. Virées illico, sans avoir le temps de cicatriser quoi que ce soit. J'veux pas dire, mais elle et moi, ça nous arrangeait.

– Vous nous payez ? demanda-t-elle avec une mine

gourmande. Vingt-deux cagettes pour moi, et vingt-sept pour elle, en trois jours.

Score minable, mais on était pas peu fières de l'avoir fait.

– Vous vous êtes déjà payées avec ce qu'elle a bu, répondit-il.

C'est moi qu'il regardait en prononçant cette phrase. Juste ce qu'il ne fallait pas dire. Juste ça. Silence.

Je fais *clac, clac* avec mon sécateur. Pap tourne la tête, un coup à droite, un coup à gauche, paraît sur le point de dire quelque chose, se ravise. Souffle, souffle le vent, ramenant les relents de décomposition du pressoir qui fermente.

Ses pommettes paraissent rosir, puis rougir. J'ai levé les yeux vers le ciel. Des hirondelles volaient bas, très bas, ça sentait l'orage. Soudain un flux d'insultes jaillit par le trou des dents.

– Encuuuulé de capitaliiiiiste ! Qu'est-ce j'en ai à foutre de tes pansements...

Les cris rebondissent dans toute la vallée qui semble lui faire écho. Sur l'autre versant, les silhouettes des vendangeurs se figent, stupéfaites. Même les hirondelles s'arrêtent de voler.

– Exploiteur des masses popuuuuuuuuuuuuuulaires.

Les portes de l'écluse derrière lesquelles s'étaient accumulés les litres d'alcool de souffrance s'ouvrent brutalement, laissant échapper des mètres cubes d'un raz de marée d'une violence inouïe.

À chaque volée d'insultes, « le putain de bordel

d'enculé de capitaliste » se tasse davantage dans son bleu déchiré. Avec son air désemparé, ses mains rougies, la sueur qu'il essuyait avec son mouchoir à gros carreaux, il ressemblait plus à un paysan qu'à un nanti.

– Fuuuumier ! Encuuuulé de ruuuupin... !

De la bave blanche coule de sa bouche ouverte, elle ressemble à un bouledogue. Devant une dizaine de vendangeurs hypnotisés, médusés, Papillon ouvre son sac, vide son contenu de part et d'autre des vignes.

Quelques heures plus tôt, avec quelques litres d'alcool en moins dans ses veines, j'aurais pu dire « allez viens, on s'casse », mais c'était trop tard. Dans ces moments-là, ni amitié ni sentiment humain ne comptent. Plus rien n'existe, que la souffrance bouillonnante, le besoin de se détruire, de tout détruire.

Tout ce que je pouvais faire, c'était de la suivre gentiment, ramasser les morceaux épars de son portable démantibulé, un Zippo par-ci, un peigne par-là.

J'ai lancé un regard de triomphe, genre « tu croyais la connaître, hein ? » vers le cochon en velours qui l'observait, médusé, en balançant son seau entre ses jambes.

Les insultes s'arrêtent brutalement. Pap a descendu le coteau : s'y trouvent les cagettes de la récolte. Puis ça a repris de plus belle, car elle avait commencé de vider les cagettes.

– Mes sous...

– Arrêtez-la !

– Mes sous !

À pieds joints, elle saute dans les cagettes, écrase le bois, le raisin frais coupé, jette les sécateurs à la volée, explose les bouteilles de limonade contre le tracteur.

– Mes sous !

– Arrêtez-la, c'est une furie !

Elle, toujours sur le même ton :

– Je veux mes sous !

Tout en continuant à gueuler, elle tourne la tête dans tous les sens, cherchant quoi massacrer. Elle vient de voir le pressoir, mais le patron a vu qu'elle l'avait vu. Alors qu'elle l'escalade, il la retient par l'élastique de son caleçon :

– Je vous paye et vous dé-ga-gez, OK ?

Les cris s'arrêtent sur-le-champ. On n'entend plus que sa respiration essoufflée.

Toute rouge mais docile, elle descend du pressoir, et empoche l'argent.

À moi :

– Viens Poucette, on s'casse !

On s'est cassées, en stop. Retour à la case départ.

– Tiens, dit-elle en me donnant sa paye, tu le mettras sur ton compte en banque tout neuf. C'est l'banquier qui va être content.

Comment peut-on à la fois aimer et haïr autant quelqu'un ? Ce doit être la même chose.

9

Fuir... oublier

La campagne, le grand air avaient l'air d'avoir changé Pap ; d'ailleurs elle voulait changer, elle aussi.

Sur les morceaux de l'assiette, je compte quatre filles pour deux garçons. Dans l'ensemble, les garçons s'en sortaient mieux que les filles, qui faisaient toujours le ménage, se piquaient les doigts, ouvraient les mauvaises portes, quand elles se faisaient pas bouffer par le loup.

– Les femmes à la rue sont toujours plus mal vues que les hommes, disait Papillon. Parce qu'une femme à la rue, c'est des enfants à la rue. C'est pour ça qu'il faut que je trouve un appart. Pour mes gosses.

Trois jours de stop pour faire les deux cents kilomètres, alors j'ai eu tout le temps d'entendre la suite de l'histoire.

« – La sorcière était vieille et aveugle. Silencieuse, elle vient vérifier que Hans engraisse bien. Une fois qu'il sera suffisamment dodu et rose comme un petit cochon, elle le dévorera.

« "Tends ton doigt au travers des barreaux", demande-t-elle, pour savoir s'il a grossi.

« Heureusement, Hans, malin comme le Petit Poucet, tendait un os.

« "Trop maigre !" grogne-t-elle, et elle repartait, voûtée, en traînant ses pantoufles. »

À notre retour, la plume de paon, la pile de cartes téléphoniques, tout se trouvait sur l'autel encore à la même place, c'en était même étonnant.

Sous la couche chaude de l'été grimpait la fragile odeur de feuilles mouillées.

Et puis, pour une fois, Pap est arrivée à l'heure à son rendez-vous. Je l'avais accompagnée. Au bout, un château : la clef d'un appartement. Enfin, peut-être.

L'assistante sociale a employé une logique que je comprenais sans vraiment comprendre :

Pas de sevrage alcoolique → pas de travail → pas de domicile → pas de garde d'enfants.

Cette spirale a l'air tellement mathématique, qu'elle doit pouvoir se lire dans un sens comme dans l'autre.

– Entre les flèches, vous avez juste oublié la souffrance, ricane Papillon.

On ne décide pas de souffrir en spirale, on chute, point. On lâche, on ne se bat plus. On se laisse crever, oui.

Deuxième rendez-vous réussi : la consultation médicale.

– Peuh, c'est Sam, c'te pouilleuse avec sa gale qui devrait venir ici, chuchote Pap dans la salle d'attente.

– Putain, j'espère que je l'ai pas chopée, dis-je en me grattant.

– Non, c'est nerveux, me rassure Pap. Sûr que Sam a la gale. T'as vu les traînées rouges sur ses bras ? Elle se gratte partout, t'approche pas de son clebs.

Je n'ai rien dit à Pap, mais je n'avais pas mis l'argent sur le compte, jamais ouvert à la poste. Je l'ai donné à Sam, pour qu'elle puisse payer le vétérinaire. Tant qu'on ne soignait pas Bordel, je savais que Sam ne se soignerait pas.

– Les gamma GT ont encore grimpé… C'est pas un foie que vous avez, c'est un tank, dit le médecin en lisant les résultats d'analyse de Pap. Vous pouvez vous engager dans l'armée.

Là, c'est moi qui dis :

– Viens on s'casse, j'aime pas qu'on fasse la morale quand on est du bon côté.

Marre d'attendre, d'être enfermée depuis ce matin. Et puis, je voulais m'acheter mon Listel.

– Montez sur la balance, a dit l'infirmière. Quarante-cinq kilos. Il y a six mois, vous pesiez cinquante et un kilos.

L'infirmière tâte les bras, les côtes de Pap.

– Vous avez encore maigri !

« Tends ton doigt, pour voir si tu as grossi », demande la sorcière. Et petit Hans tend un bout d'os.

Au travers des barreaux de sa prison, Papillon tend

son poignet de fillette, son poignet tout fin, prêt à s'envoler. Oui, oui, regardez, comme nous sommes bien maigres. Nous resterons encore et encore dans nos prisons. Pour ne pas nous dévorer nous-mêmes.

– Tu veux pas savoir comment ça finit, Hans et Gretel ? demande Pap, à nouveau assise face à la fontaine jaillissante.

– M'en fous.

– Tu sais que ça finit bien. Hans et Gretel poussent la sorcière dans le four, et rentrent chez eux, en emportant le butin de la...

– Je m'en fous, Pap, de la fin de cette histoire et d'ta cage aussi.

– Tu devines la suivante, hein ?

– Tu sais quoi, Pap ?

– ...

– Tu m'emmerdes.

Bien sûr que je devinais la suivante. Bien sûr que je savais que des prisons et des cages, ni elle ni moi n'en sortirions vivantes.

Car je sais que.

De la cabane, collante, gluante de la sorcière, il ne faut surtout pas sortir.

Ce n'est pas moi qui le dis, c'est le conte de Grimm. Que je sorte de la cage de la rue ? Pour m'enfermer et faire quoi ? Me retrouver, seule, dans un silence de fin du monde, avec la télé, le paquet de pâtes à finir et le calendrier de la Poste bloqué sur la date de sa mort ?

Si Papillon arrêtait ses canettes, elle se prendrait les pieds dans des mètres et des mètres de faiblesse. Boire n'est qu'une façon de se taire. Sinon, il faudrait hurler sans cesse.

Alors je suis lâche, je suis bien avec la fontaine jaillissante, verdissante, ma boisson mi-alcool, mi-sucre et mes canards.

– Z'avez pas vu Pap ?

Au café, au tabac, dans toute la ville. À tous ceux qui la connaissent, et tous la connaissent. Je la cherche, ou plutôt je cherche l'histoire suivante, sachant très bien que Hans et Gretel n'auront jamais de fin, enfermés dans leur prison.

– ZavezpasvuPap ?

– Chez Vincent, ricane Sam.

Qu'est-ce qu'elle fout encore là-bas ? Jamais accepté de mettre les pieds chez lui, même si Papillon ne cessait de me vanter les commodités de son « appart à la rue ». Pourtant, ça valait le détour, une vraie caverne d'Ali Baba, reliée à l'électricité et l'eau de la ville, avec télévision, plaques électriques, douche, et même des toilettes. Non, ce grand maigre, là, qui se piquait ou priait, je ne pouvais pas le sentir : il entraînait Pap dans ses combines.

« Juré sur la tête de mes gosses : j'me suis jamais piquée à l'héro », se défendait-elle.

Sinon pourquoi lui manquerait-il les dents de devant ? Tout le monde sait que ça bouffe les gencives.

« Non, moi l'héro, je l'fume, tu vois. »

Faut jamais qu'elle fasse comme tout le monde.

D'ailleurs, voici l'homme de la coke et de la déco, ou plutôt ce qui reste de sa silhouette presque transparente. À qui voulait l'entendre, Vincent expliquait sa dépendance. Plus jeune, il était voué à une carrière de grand sportif ; plus loin, plus haut, plus fort. Un jour, l'entraîneur lui mit de la coke dans sa gourde : jamais décroché, dix kilos en moins.

– Si tu cherches Pap, elle est chez moi. Au fait, c'est pas toi qui voulais savoir comment sortir des prisons ? demande Vincent.

Comme je refusais de répondre, fixant le bout de mes bottes jaunes :

– Fillette, les bottes de Sept Lieues, ça suffit pas pour fuir les prisons.

Vincent a ouvert la porte bleu marine. Tous assis sur le lit bleu nuit, Pap, Norredine, ce pauvre Loulou qui ne comprend jamais rien à rien et plein d'autres encore que je ne connais pas, des teufeurs, qui fuient le monde en faisant la fête et des punks, qui l'affrontent en cassant.

Le linoléum empeste l'eau de javel.

– Fais comme tout le monde, enlève tes chaussures, c'est propre ici, ordonne Vincent.

Je comprends pourquoi il a posé les deux verrous qui scintillent d'or. Des tentures bleu nocturne galbent le plafond d'où pendent des objets étranges, fleurs séchées, colliers de plumes, de coquillages. Partout des huiles, des aquarelles dans leur cadre, des plantes dans leur pot – le tout fauché dans les cabinets médicaux. Vincent faisait la tournée des médecins généralistes, pillant leurs salles d'attente. Plein de bonne foi, il leur déclarait alors être prêt « à décrocher », ce qui lui permettait de se ravitailler en produits de substitution qu'il revendait deux, trois euros le comprimé. Même prix que la bière.

Ça entre et sort sans cesse, argent contre cachetons, des visages que je ne connais pas. Je m'assois à côté de Pap sur le lit reposant sur une palette peinte en bleu.

– Oh, un piège à rêves, s'exclame Papillon, tête levée, face à un collier à plumes au plafond projetant des ombres lascives.

– Tu peux pas le taxer, il est suspendu, dit-il.

Vincent a l'air de bien connaître mon Papillon, elle doit venir souvent ici. Comme les pies, Papillon aime tout ce qui brille. Sur l'étagère en rotin, elle a déjà repéré la collection dorée de Zippo.

Je lui tape le dos de la main.

– Remets-le, j't'ai vue.

– Qu'est-ce tu crois ? Il les a piqués, lui aussi, chuchote Pap.

Vincent a vu le geste avant moi ; elle a trouvé quelqu'un qui taxait encore plus vite qu'elle.

– Prends-le ! dit-il.

Et il lui en file deux. Sa générosité, je n'y crois pas une seconde. S'il lui donne, c'est qu'il va y gagner : Pap revendra les Zippo et lui redonnera l'argent pour acheter encore du Subutex.

– Ancien celui-là, de l'étain, affirme Pap qui a l'œil pour les belles choses, en désignant au centre de la pièce, un crucifix argenté.

– Tu dévalises les églises aussi ?

Non, il ne dévalise pas les églises, non, il le jure sur la tête de sa grand-mère qui l'a élevé. Et maudit au passage sa mère qui l'a abandonné.

– Sam m'a dit que tu étais ici, dis-je à Papillon, sur un ton de reproche.

– Pardi, elle est jalouse, Vincent l'autorise pas à venir avec la gale. Les poux, les puces, on les voit, mais pas la gale. La bestiole creuse de petits tunnels sous la peau et se cache derrière la crasse.

– Arrête, tu me dégoûtes, dit l'homme le plus rêveur et le plus maniaque de la rue.

Et soudain :

– Allez, allez, foutez-moi le camp, ordonne Vincent en claquant des mains.

Tous s'éparpillent comme des moineaux. Vincent a tiré les verrous. Lui aussi possède un autel, comme

Pap, avec une carte postale. *Jésus toujours avec toi*, écrit parmi les coquelicots et le blé.

Gestes lents, calmes, ordonnés qui s'enchaînent les uns aux autres telle une prière : sur le napperon blanc s'alignent soigneusement les comprimés ovales, la seringue, la cupule du Stéribox[1].

Pap le regarde avec envie se faire un shoot. Un gramme d'héro, c'est le prix d'une nuit d'hôtel grande classe ; quant à la coke, là, qu'il aspire au travers d'une minuscule éponge, n'en parlons même pas.

Le garrot, autour de son bras maigre, claque. Dans la seringue, un nuage rouge se propage en ondes molles et écarlates. Son corps se tend à craquer, vieux navire qui grince, soudain prêt à partir, gonflé par le vent.

– Ne me regarde pas ! ordonne-t-il, toujours autoritaire.

Pourtant, je ne peux détacher mon regard de cette aiguille bleutée.

– C'est rien, Poucette, c'est la Belle au bois dormant qui vient de se piquer au fuseau, et elle va être bien, elle va dormir, dit Pap.

Vincent jette la seringue, fuseau rouge étincelant, se lave les mains et ouvre une Stéribox pour une seringue toute neuve. Je me demande comment il fait pour être aussi propre, et se salir autant de l'intérieur.

1. Boîtes vendues en pharmacie, contenant un matériel stérile à usage unique pour les toxicomanes.

– Ton tour, Pap ! Secoue bien la seringue et lentement, sinon..., conseille Vincent.

Non, Pap, je préfère ne pas voir ce que tu viens de t'injecter, du Sub broyé. Lui s'en fout si ça te fait des abcès, si ça durcit tes veines comme des cordes.

L'aiguille s'enfonce dans la peau claire de Pap. Les cheveux blonds dessinent une roue ensoleillée autour de ses yeux. Pap se laisse lentement tomber sur la palette bleu ciel.

Je l'ai allongée sur le lit. Contre sa poitrine, j'ai ramené ses avant-bras blonds, traversés de longues veines vertes, comme des plantes vivaces.

Belle au bois dormant en cent ans de sommeil plongée, que les ronces poussent autour de toi, qu'elles s'épaississent pour qu'on ne trouve jamais ton château.

– Tu veux essayer ? demande-t-il.

Ses pupilles se dilatent, gros cailloux étincelants d'ordre.

Pourtant Sam m'avait bien mise en garde :

« Le Subutex, le Skénan, la Méthadone, toutes ces drogues légales, ça a été fait pour nous faire crever plus vite. J'en ai connu plein qui n'ont jamais touché à l'héro, et qui sont devenus accros aux produits de substitution. Et c'est plus dur à décrocher que l'héroïne. »

– Personne n'est libre, renchérit Vincent. Dans tous les contes, y a toujours des princesses enchaînées, et des donjons.

Bah, pourquoi pas ? Le prince charmant qui devait

me réveiller dormait, lui aussi, et il dormira longtemps sous sa pierre tombale blanche.

– Laisse fondre sous la langue, c'est amer, mais ça marche mieux. Ne bois pas ensuite, conseille celui qui connaît les produits ouvrant les portes de tous les châteaux intérieurs.

D'abord, j'ai ressenti un violent remue-ménage avec des images surgissant de mon enfance : ma mère, qui souriait blanc au-dessus des pages blanches d'un livre. Puis j'ai eu chaud, ondes rouges de chaleur, qui semblaient venir d'un centre profond, un peu comme si je rayonnais. Ensuite, j'ai « rayonné » d'une autre façon, une sueur forte puis des vomissements en jets labourant mon ventre.

Épuisée, j'ai dormi. Au réveil, je me suis sentie nettoyée et en pleine forme.

Pourquoi sortir des prisons, alors qu'on peut à l'aide de comprimés roses et de poudre blanche, les ciseler en palais étincelant de mille feux ? N'importe où, n'importe quand, près des ordures, dans les parkings, toujours là, à portée de main.

Déchirés d'alcool, de came, une ligne invisible nous relie. S'en dégage un édifice, un temple, derrière lequel nous nous abritons, et des voitures blanc-bleu des keufs, et de l'indifférence des passants.

Papillon écrase son joint sur l'un des morceaux de porcelaine. La cendre grise recouvre la Barbe-Bleue.

– *Barbe-Bleue*, c'était l'histoire préférée de Benjamin. Quand je lui disais : « Voici la clef du cabinet et je vous défends d'y entrer », ses yeux brillaient de peur.

Pap écarquille aussi ses yeux en ailes, fixe au loin un point de son passé.

– « Maman, qu'il me disait, Barbe-Bleue lui donne la clef et il lui interdit d'y entrer. » T'aurais vu ses yeux briller. Ce gosse, ce qu'il me ressemble. Il aime les cartes comme moi. Je vais lui acheter des cartes Yo Gi Ho.

Pap sourit en repensant à lui :

– « La plus forte, maman, qu'il me dit, c'est le dragon blanc aux yeux bleus ! »

Puis elle ferme les yeux sur son passé, son présent.

– Demain, c'est son anniversaire, et j'aurai de la tune. Je lui achèterai ses cartes.

J'ai eu comme un pressentiment. Mauvais. Demain, c'est un 8.

10

S'évanouir... disparaître

Cette journée du 8 avait très mal commencé. Dès 9 heures, on a frappé :

– J'ai mal au ventre, j'ai mal au ventre, gémissait Fred derrière la porte.

– Va chez le toubib ! a grogné Pap dans son sac.

– T'sais bien que j'ai jamais eu la Sécu, se lamentait la voix.

– Allez, aide-le ! ai-je dit. Qu'on en soit débarrassées.

Papillon a ouvert la porte, fouillé dans sa boîte d'Efferalgan et mis de l'eau à chauffer sur son réchaud.

J'ai repensé à la prédiction « éventré », mes idées se sont entrechoquées avec un drôle de bruit, et je me suis rendormie.

Je me suis réveillée vers midi, Pap m'a apporté un café. Fred était encore là, il se tenait le ventre à deux mains :

– Chais pas c'que j'ai ces derniers temps, toujours mal au bide.

– Tu bois de la gnôle de mauvaise qualité, ça te bouffe les tuyaux, a affirmé Pap en me regardant en coin, l'air de dire : s'il meurt éventré tous ceux qui seront avec lui...

– Bon, ça va mieux, Fred, ai-je dit. Pap t'a filé du Gaviscon, tu veux pas m'laisser m'fringuer ?

Enfin il est parti, et j'ai pu sortir de mon sac.

– Putain, c'qu'il est collant, celui-là ! dit-elle en lavant sa casserole dans la bassine où trempent les chaussettes.

– Pourquoi tu lui as aussi donné un Valium ? Ça n'a rien à voir avec le ventre ?

– Le Valium ça fait causer, c'est les keufs qui m'l'ont appris. Tu sais pourquoi il a été mis au ballon ?

– Un casse, c'est ce qu'il m'avait dit, ai-je répondu en vidant la boîte de sucre pour faire des canards dans le café.

– Et tu sais d'où il vient ?

– Le café, dégueulasse comme ça, du Lidl, non ?

– Mais non, Fred ! De la centrale de Clairvaux, la pire de toutes. T'sais pourquoi on l'a arrêté ?

– Meurtre ?

– Non.

– Quoi ?

– Massacre ! Que des femmes, pas des jeunes, des vieilles comme nous. Il adore ça, paraît-il.

– Tu délires, Pap, dis-je en trempant le dixième sucre dans mon kawa.

– Tu vas grossir, toi, à force de bouffer du sucre.

– C'est déjà fait avec ce qu'je bois. J'te filerais bien un kilo, ai-je répondu, fixant l'immense bleu des yeux dans son visage décharné.

– Ce mec, chaque fois que tu le croiseras, t'auras des ennuis, il porte le mal en lui, reprend-elle de cette voix oscillante et tremblante que je n'aime pas. Il va payer pour tous ses crimes.

Je me demande si elle ne le fait pas exprès : le livre de contes est ouvert à *Barbe-Bleue*. Sur la gravure, la femme de Barbe-Bleue, un trousseau de clefs à la main, a ouvert une minuscule porte au fond d'un couloir. Dans la pièce aux fenêtres closes étincelle une flaque de sang dans laquelle se mirent toutes les femmes égorgées par Barbe-Bleue. Impossible de distinguer le visage de la femme, une tache rouge le recouvre.

– C'est quoi ça, du sang ?

– Meuh non, du coquelicot séché, répond Pap en grattant la tache de son ongle noir. Putain, arrête d'avoir peur de tout, c'est seulement l'histoire d'une nénette débile. Elle a fait comme moi : elle est tombée sur la mauvaise porte, dit-elle, yeux en ailes, au loin perdus.

J'ignore quel nouveau produit elle a pris, mais c'est dans ces moments-là qu'elle dit les phrases les plus justes, les plus vraies.

– Tout n'est qu'une question de porte, Poucinette. Te trompe jamais de porte.

– Jamais.

« Anne, ma sœur Anne, ne vois-tu rien venir ?

– Je ne vois rien que le soleil qui poudroie et l'herbe qui verdoie. »

Si le 8, c'est l'anniversaire de son fils, c'est également le « jour du RMI », faste et joyeux. Avec l'argent, elle veut lui acheter un cadeau.

À 14 heures, Pap a fait la queue à la poste ; à 15 heures, elle a compris que les quatre cent trente-cinq euros de la CAF ne seront versés qu'aux lettres de A à K, et qu'elle ne touchera rien d'ici lundi. À 16 heures, elle a tenté de piquer les cartes Yo Gi Ho mais le vigile l'a aussitôt foutue dehors. À 17 heures elle avait disparu.

Je l'ai retrouvée à 19 heures, ronde comme une barrique, près de la fontaine.

L'une de ces dernières soirées d'automne avec un ciel si suave, si doux, qu'il semble prêt à se faner d'un instant à l'autre. La ville est aux terrasses, avec cet art de s'entasser les uns sur les autres en affichant l'air le plus décontracté possible.

Toute la soirée Pap a fait la manche pour charger son téléphone. Le « Z'avez pas une cigarette ? » devenait :

– Z'avez pas un portable à me prêter une seconde ?

Pap appelle son ex, sa mère, sa belle-mère, sa sœur. Impossible de joindre son fils.

– Bon anniversaire, bonhomme.

Occupé.

Elle rappelle d'un autre portable prêté par un passant.

– C'est maman, bon anniversaire.

Messagerie.

– Bon anniversaire, mon chéri.

Répond pas.

L'église a sonné lourdement 21 heures. Cette nuit, son fils est né, et personne ne lui répondra. Les portes ferrées de l'église s'élèvent vers le ciel, impitoyables.

Quelque part une morale a dit qu'on ne parle pas à une mère qui boit. Quelque part on a décrété qu'elle devrait souffrir jusqu'au bout, endurer cette nuit et les milliards de piquants de ses étoiles. Comme elle a enduré la mise au monde de cet enfant qui ne lui répond plus.

Je revois ses cheveux fauves contre l'écouteur, et ses iris bleus que la souffrance teignait d'un vert presque jaune.

Papillon marche de côté, de plus en plus de côté. Bousculée par la foule, elle titube, elle va tomber.

Papillon, je donnerais ma vie pour t'aider mais qu'est-ce que je peux faire, moi, pour toi ? Tout ce que je te donne, on dirait que tu veux le détruire.

Menteuse, voleuse, alcoolo, toxico... je m'en fous, si vous saviez comme je m'en fous qu'elle mente, qu'elle mente pas, qu'elle fume de l'héro, qu'elle la fume pas. Papillon, c'est une perle dans une flaque de boue, un cygne qui ne le sait pas.

Vous pouvez la tacher avec votre morale boueuse, moi, je la verrai toujours pure et bleue.

Elle va s'écrouler. Elle a les pommettes comme des géraniums, la bouche tordue, avec au fond des yeux la lueur fiévreuse de ceux que plus rien ne retient sur la terre. À bras-le-corps, je la ceinture mais elle me repousse sans me voir.

À 23 heures, elle a disparu dans la foule. Juste avant de s'évanouir, elle m'a laissé le passe de notre chambre.

Aux environs de minuit, toujours pas de Pap. La place est noire de monde, je me cogne à la foule hilare. Ça commence à m'inquiéter car je n'ai pas revu Fred.

Douze coups sonnent et je me dis que je ne risque plus rien : on est le 9, un détail qui pour elle a son importance. Je peux rentrer au squat.

Devant notre porte, ma botte jaune a écrasé quelque chose de doré. Je me suis baissée : c'était une barrette en forme de cœur. J'étais certaine de ne pas l'avoir vue à l'aller, ça aurait coincé la porte, et Papillon n'était pas le genre de fille à rentrer avant minuit un vendredi soir.

En retenant ma respiration, j'ai poussé la porte. Elle n'était pas fermée. La chambre était en désordre, habits sortis de l'armoire en carton, autel renversé. Une bataille semblait avoir eu lieu dans la pièce.

J'ai ramassé les bouddhas noirs, les cartes éparpillées parmi les tee-shirts, pour réfléchir. Papillon m'avait donné sa clef, alors que la porte était ouverte : je devais en trouver la raison. Avec elle, tout prenait signification.

Les serrures luisent dans l'ombre et semblent m'appeler : Ouvre-nous, Poucette, ouvre-nous ! Papillon se trouve derrière l'une de nous.

Ces portes que je redoutais, closes sur l'inconnu, il me faut les ouvrir. Rien que de toucher le froid du métal, cela m'horrifie mais je dois la trouver à tout prix. Pap, Pap ? une sueur glacée coule dans mon dos brûlant.

Une, deux, trois portes. À chaque ouverture, ma poitrine va et vient dans le tee-shirt mouillé.

J'erre dans ce boyau long et humide, Pap ? non, porte suivante, Pap ? Au fond du couloir, les murs se rétrécissent pour rejoindre la dernière porte, la plus petite, mais qui semble briller dans le noir. Dans la serrure, les clefs rendent un son de glas.

D'abord je ne vois rien, parce que la fenêtre est fermée. Pourtant le sol est sombre, comme couvert de sang caillé, le sang dans lequel se miraient les corps des femmes que Fred avait éventrées.

– Pap ?

La forme allongée se dresse d'un seul coup, bousculant la bouteille de vin qui vient grossir la flaque rouge.

– Crie pas, Poupette ! C'est moi, Loulou.

Mais je ne criais pas parce que c'était lui mais parce qu'il portait une barbe bleuie de nuit, une barbe bleue.

Je criais parce que Barbe-Bleue, c'étaient tous les hommes de la rue, avec leur barbe qu'ils ne pouvaient raser. Je tremblais tellement que je dus m'asseoir pour me calmer.

Si elle m'avait donné les clefs, si elle m'avait raconté Barbe-Bleue, c'était pour que j'essaye d'ouvrir les portes, toutes les portes. Papillon projetait toujours ses actes plus loin que les autres, au-delà d'elle-même et du temps.

J'ai grimpé au troisième en sautant les marches. Inconnues ou pas, j'ai ouvert sans hésiter les portes. Toutes les portes. Les pièces vides exhalent leur mémoire poussiéreuse, comme ces vieilles malles qu'on ouvre dans les greniers. Personne, sauf une prostituée, et son client qui m'a lancé une bordée d'insultes.

Dans la faible lumière de la lucarne, je m'arrête, perplexe. Qu'est-ce que je traîne derrière moi ?

Je me baisse. Là, sous mes semelles, oui, c'est du sang qui... a séché déjà. Je ne veux pas trembler, je suis mes empreintes.

J'arrive devant la seule porte que je n'ai pas ouverte à cause des verrous, celle de Vincent. Dans la poussière se faufilent deux rigoles de sang bien nettes, figées.

Je ne sais pas si je vais y arriver, mais il faut que je l'ouvre. Métal rond et froid de la poignée, la forcer. La tourner. À mon grand étonnement, la porte n'est pas fermée.

Dans le noir, luit le crucifix en étain et je sais qu'on peut allumer.

Je l'ai fait, et j'ai vu ce que je ne voulais pas voir. Elle gisait au centre exact de la pièce, bras en croix, jambes jointes. Elle avait dû se changer car elle portait sa jupe gitane à volants, noire et mauve, sa veste turquoise aux flamants roses brodés. De part et d'autre de son visage livide, les barrettes roses en forme de cœur dessinaient une auréole métallique.

Agenouillée, je supplie :

– Pap, Pap, non, ne me fais pas ça !

Car elle est tout ce qu'on refuse : froide et immobile. Par la fenêtre ouverte, le vent agite les tentures bleu nocturne.

Puis j'ai touché le liquide encore tiède provenant des entailles faites au rasoir dans ses avant-bras.

– Au secours ! Au secours !

Dans l'escalier, j'ai trébuché sur Fred et Vincent bourrés et Loulou ensommeillé.

Vincent s'accroupit devant son autel de merde, à la recherche de la quantité de blanche qu'elle lui aura piquée.

– Qu'est-c'tu fous ? Appelle les secours !

Le téléphone à son cou pendu se balance au-dessus du visage figé, des pupilles étroites étrécies comme des pointes d'aiguilles.

– Trop tard, elle a fait une od, dit-il d'un ton morne, comme il dirait demain il va pleuvoir.

– Mais qu'est-ce tu fabriques ?

Paisible, tranquille, Vincent fouille les poches de la veste turquoise.

– Je recherche la clef que cette vieille pie m'a piquée ! dit-il en empochant la clef, puis le Zippo.

Sous le rayon blanc de la lampe, j'ai vu tout à coup ses prunelles se contracter faiblement.

– Elle est pas morte, elle respire !

Puis il m'a semblé percevoir une respiration faible, très faible, presque celle d'un oiseau. OK, si lui et les deux autres continuent à rester plantés comme ça, je vais téléphoner moi-même. Le portable de Pap est dans sa poche, je compose le 112.

Soudain Loulou, le gentil Loulou me plaque contre le mur, me soufflant son haleine vineuse au visage :

– Si t'appelles les pompiers, ça veut dire les flics et pour nous plus de squat. L'hiver sans squat, tu connais pas encore, Poupette, me crache-t-il, les yeux fous.

Au même moment, je vois le Perfecto noir de Fred et sa nuque tendue qui reculent vers la sortie.

– Meeeeerrrde, Fred !

Le salopard ! Il la traîne par les pieds, telle une poupée, le blond des cheveux teint par son propre sang. Mue par une force terrible, j'ai repoussé Loulou et j'ai saisi son cutter. Ce sera moi qui réaliserai la prédiction. Le temps de voir le visage contracté de Fred, son poing, puis j'ai vu tout noir.

Me suis réveillée à moitié assommée. Ah, les salauds : ils l'avaient traînée jusqu'à la place, l'abandonnant derrière une voiture.

Ce sont les services d'urgence qui l'ont ramassée. Elle était pas bien lourde, Papillon, quarante-cinq kilos, toute de mauve et de noir vêtue, avec des barrettes en forme de cœur.

La fosse commune fut évitée grâce à une sœur qui passait là, je ne sais comment, et qui a alerté sa famille.

Elle voulait être incinérée, ses cendres dispersées au-dessus du fleuve. Certaine que sa famille n'aura pas respecté ses dernières volontés. Je m'en fous.

Morte, je ne sais pas de quoi, morte de veines ouvertes, morte de dénutrition, de souffrance. Morte la nuit où son fils est né.

Éclairée de l'intérieur, la fontaine jaillit, libre et heureuse.

Délivrée.

Pap morte, plus jamais d'histoires. Je ne pouvais plus rester au squat. Juste avant de fermer la porte à double tour, j'ai déposé des fleurs sur son autel. D'elle, je n'ai conservé qu'une barrette en forme de cœur. Sachant très bien que les charognards iraient fouiller ses affaires, j'ai rassemblé dans un sac ses lettres bleu pâle, les dessins de ses enfants, leurs gourmettes, et donné le tout à l'assistante sociale qui la suivait.

Celle-ci a tout mis dans un sac plastique gris. Je lui aurais amené la tête de Pap qu'elle aurait agi de la même façon. Carton et plastique, pour la rue ; le reste c'est pour les riches.

Toute la soirée, j'ai tourné en rond dans la ville. Chaque pavé, chaque seuil brûlait par son absence. Je me suis traînée jusqu'au foyer du couvent mais il était...

– Fermé ! a déclaré la patronne de l'épicerie où je me renseignai.

Fermé. À cause des pétitions. Les commerçants ne supportaient pas de voir traîner toutes ces femmes.

– Chaque chose à sa place, n'est-ce pas ? Une femme, ça travaille dur comme moi, ou bien ça reste chez soi à élever ses gosses, a conclu la patronne, avec une moue pleine de rouge à lèvres.

Et si elle n'arrive plus à faire ni l'un ni l'autre ? Si son mari la frappe tous les jours ?

Pour ne déranger ni la ville ni ses habitants, la mairie a dû fermer ce mauvais lieu. Même si elle conserve les coins discrets où les femmes écartent les cuisses, pour les hommes qui trompent justement celles qui restent chez elles et qui élèvent leurs gosses.

Un groupe silencieux et voûté de femmes attendaient, avec leurs valises noires. Le bus arrive. Toutes se lèvent, plient leurs affaires, avec ces mouvements lents, résignés de pauvres bêtes traînées çà et là.

Non, je n'ai pas réussi à monter pour être transportée avec elles cent kilomètres plus loin, dormir dans un sous-sol d'hôpital, être réveillée à six heures, trimballée encore par le bus, jetée à nouveau sur la place à sept heures.

Retour au squat. Je préfère rester avec des criminels plutôt que d'affronter solitude et silence.

– J'ai mis un cierge pour elle, annonce Vincent, l'air un « peu » emmerdé.

Un cierge ? Lui qui hante soit les églises, soit les pharmacies, son Bon Dieu, j'y crois pas. Le pur et l'impur se donneront toujours la main, riant comme des cinglés damnés.

Au squat règne un drôle de silence. J'aurais bien foutu le feu aux chambres de Fred, Loulou et Vincent.

Je les hais mais je sais que ça passera. À la rue, personne ne peut se détester longtemps. Parce que rien n'y dure. Que bientôt, on crèvera tous.

Je me suis précipitée dans les bras de Sam, mais je n'ai pas réussi à pleurer.

– J't'avais bien prévenue, Poucette, tout en haut puis tout en bas. Tu comprends pourquoi je préfère les bêtes.

Envie de lui demander si elle aussi l'aurait abandonnée. Mais je sais bien qu'elle laisserait crever tous les humains pour son chien.

Paraît qu'ils ont fait une grande manche pour lui payer une couronne, une tradition. Enfin paraît qu'ils ont bu tout l'argent récolté. Ça ne m'étonne pas.

Certaine que l'un d'entre eux a fouillé ses poches avant de l'abandonner agonisante sur le parking. Dépouille, ouais. La vraie dépouille, celle des cadavres.

Conte d'asphalte

Pap morte, plus jamais de rêves ni d'histoires. Va falloir que j'affronte la réalité, que j'existe seule.

Je me demande bien comment.

Je vais commencer par attendre d'avoir faim.

Troisième partie

11

Avoir faim, se vider

Une main serre mon estomac. J'ai l'impression d'avoir plusieurs bouches à la fois. Les passants hésitent : dîner *canadien, chinois* ou *cajun* ? Eux doivent choisir leur restaurant, tellement ils n'ont plus faim.

À quelques centimètres de mon nez, des omelettes jaunes et grasses, des salades craquantes toutes frisées, des fraises joufflues saupoudrées de sucre.

Manger, oui, mais surtout, manger quelque chose de bon, de bien présenté, plutôt que ces bouillies de plats pas chers – cassoulet, choucroute, couscous –, ces boîtes de sardines rouges et dorées, comme des linceuls.

Car pour tenir le coup, face au froid, face à l'horreur, notre horreur, il faut une nourriture qui réchauffe le plus vite possible. L'alcool, d'abord. Très sucré pour moi : panaché, Listel, cidre et toutes les liqueurs de la terre.

Tout ça en attendant la soupe populaire ou les repas chauds des Restos du cœur, qui ne fonctionnent que de novembre à mars, la perception du froid restant celle des organisateurs. Difficile de leur en vouloir. Tant qu'on n'a pas vécu à la rue, le froid, on ne le connaît pas.

D'ailleurs, voici le bus, éclairé de l'intérieur avec les rectangles jaunes des fenêtres. Raymond m'amène mon plateau. Cet ancien joueur de rugby, ramassé sur ses convictions, reste « un bon ». Ça se sent à la façon de nous faire exister dans ses yeux.

La cuillère en plastique trop grande râpe mes lèvres gercées. Dans la soupe, je jette du pain, encore du pain, qui gonfle, gonfle, se gorge de vivant.

Dans le bus, tous mangent voûtés, et vite. La honte. Pourtant ici, on est abrités, Raymond avait dû obscurcir les vitres, pour éviter le regard des curieux.

De temps en temps, il met en route le moteur du bus pour chauffer. Le siège vibre, la chaleur monte sous mes pieds dessinant des cercles concentriques verts dans la soupe. Enfin, deux petits-suisses, pressés l'un contre l'autre, comme deux âmes en peine pour se réchauffer.

– Norredine ! je m'écrie, en le retrouvant si petit dissimulé derrière le bonnet bleu de Salah.

– Beurk, file-moi du Maggi, Poucette, j'en ai marre de leur soupe pas salée, même si c'est pour notre cœur.

– Allah soit avec toi, dit Salah, me reconnaissant ou pas, levant vers moi sa pupille délavée de nouveau-né.

– Regarde ce qu'il s'est fait, c't idiot, dit Norredine en remontant le survêt de Salah.

Sur les vieux genoux, des croûtes larges comme des mouchoirs suintaient de pus.

– Il a quitté l'abri de bus, ça caille. Il dort sur les grilles du chauffage de la gare.

À force d'avoir froid, Salah se réfugiait sur la plaque chaude ; à force de s'y endormir à moitié bourré, il s'y brûlait. D'une douleur à une autre, on ne s'en sortira jamais.

– Brûlure au troisième degré, dit Norredine.

– Et il veut même pas se faire soigner, ai-je complété d'un ton morne.

– Attends Salah, que j't'aide à éplucher ton orange !

Salah jurait après le fruit dont il arrachait l'écorce comme les pétales d'une grosse fleur.

Norredine pèle l'orange avec son éternel couteau. Je réfléchis une seconde, et demande :

– Comment tu dis *il était une fois* en arabe ?

Norredine plisse ses gros yeux ; son regard doré se reporte vers son enfance, les ombres des figuiers, l'odeur des lauriers-roses.

– Ça va me revenir, dit-il, perdu dans ses souvenirs, la tête dans le ciel blanc à force d'être bleu, les ailes rapides des mouettes.

– Alors, *il était une fois* ?

– Difficile, parce que c'est de l'arabe littéraire... Ah, ça y est : *kan ya macan fi kadime ezzamane*. Ça veut dire : « Un jour, dans un endroit du temps... »

– Un jour, dans un endroit du temps, je répète, rêveuse. C'est beau... Ensuite ?

J'en oublie le petit-suisse qui se déroule.

Norredine hoche la tête pour signifier qu'il n'a plus faim. Raymond le devance et jette le tout – assiettes, couverts – dans un sac-poubelle, ouvert et noir.

– Rien. Ma grand-mère, c'est loin. Ma mère ne m'a jamais raconté d'histoire, dit-il. Elle passait son temps à me dire que j'étais un accident de la route, alors tu vois ?

– Ouais, fis-je en écrasant en bouillie le petit suisse dans l'assiette en plastique.

Ouais. Plus jamais d'histoire. Que des assiettes en plastique, des accidents de la route, des sacs-poubelle noirs.

La place de Pap. Personne n'avait encore osé la prendre, l'une des quelques règles qui se respectent encore.

Me suis assise face à la fontaine, par terre. La pierre m'a communiqué son inaltérabilité, son hostilité. Tout le dur s'est propagé en moi, j'ai cru m'enterrer moi-même. Là, j'ai su que je pouvais faire la manche.

J'en connaissais les règles : toujours sourire, toujours remercier, demander à la sortie des bureaux.

Ouverte, ma main semble une plaie, alors j'ai pris le couvercle d'une boîte de couscous et, timidement, je l'ai tendue. La soucoupe qui demande, pas moi. À peine le temps de remercier, je ne vois plus la silhouette qui a donné. Avec la pièce, je me suis enfin acheté une imitation Listel, à la framboise.

Et puis, j'ai vite compris le truc, ce n'est qu'une

question de moment pour demander l'aumône aux Rois du Monde. Il faut attendre cet instant où se relâchent les mailles du temps, où les rois flânent en carrosse. Mais sans Pap, je n'étais plus marquise de Carabas, rien qu'une misérable sans-le-sou, et les carrosses portaient tous des PV.

Dans la manche, je croyais que le pire, c'était le refus. Eh bien non. Un *désolé, je n'ai rien aujourd'hui,* un *j'ai pas de monnaie,* un sourire gêné, donnent encore existence. Le pire, c'est le lâche qui détourne les yeux. Là oui, je deviens invisible, transparente comme ces vitrines bleutées où se reflètent les néons.

Chaque porte, chaque seuil, possède son SDF. C'est la ville qui possède l'homme de la rue, non l'inverse, et je porte en moi ces matières urbaines : fer, verre, béton. Mal protégée, la peau se fissure en crevasses, en engelures. Cette saloperie de ville pénètre par tous les orifices, alors, pour la refuser, on la rejette, on la vomit. Les vomissures, les excréments sur les trottoirs seraient de la « saleté » ? De la défense, de la survie, oui, pour que la rue ne nous digère plus.

12

Se durcir... avoir froid

Au squat, le fleuve coulait derrière le bras mort. La vie continuait son cours, tous l'avaient oubliée. J'ai retrouvé le dico des rêves dans la chambre de Vincent, son sac de couchage maculé de rouge dans celle de Loulou.

– Tu vois qu'elle te racontait des histoires, dit Sam, avec un air de triomphe que je n'ai pas apprécié.

–T'as vu qu'i'a bien pire que le méchant loup, raille Vincent, qui se fout de tout mais veut quand même avoir le dernier mot.

Je vois ce qu'il veut dire : le Froid, sensation des sensations. L'Hiver, maître austère qui dicte le comportement de l'homme. Oui Vincent, mais tes blanches et poudreuses maîtresses, coke et héro, sont bien pires que sa neige.

Au squat, le froid nous réveille avant le jour, à l'heure où descend au plus bas la température. On claque des dents. Nos corps se secouent nerveusement, on dirait une bande d'agonisants, une danse macabre.

Parfois, j'ai même un glaçon au coin de la lèvre. Il me faut plus d'une heure pour sortir de mon duvet. Le comprimé de Subutex sous la langue et le coup de rhum deviennent obligatoires.

Pas question de faire du feu à cause des flics. La seule solution reste encore « des chauffes » à l'aide de boîtes de Ricoré, percées sur le côté et remplies d'alcool à brûler. Fixer la flamme bleu pervenche, presque transparente, ça permet juste de se dire qu'on ne va pas crever.

Octobre,
Novembre.
Je ne pense à rien,
Chaque jour est une pierre comme ces pavés,
Et moi, j'en fais un donjon, derrière lequel je m'abrite.

Paume sur le goudron, fesses sur l'asphalte. Tu te tapes une manche, tu touches à tout. Tu touches surtout à ce qu'on ne te donne pas. Et ça, tu le sens bien.

Pas un regard qui pourrait te donner l'idée d'être vue ; pas une syllabe, pas un mot qui pourrait te laisser imaginer qu'on t'entend ; pas une odeur, un parfum. Il ne te donnera même pas à toucher ses pompes cirées. Rien, hormis sa pièce jaune.

Si. Tu pourras toucher le métal froid, et tu sentiras le froid extérieur, celui qui te serre les épaules, rejoindre le froid intérieur. Celui qui te serre le ventre, t'arrache le cœur.

21 décembre

Le froid resserre les pores de la ville. Transformées en dragons, les maisons crachent de la fumée blanche pour se défendre.

Je porte trois paires de chaussettes, deux pantalons, trois pulls. Faut superposer, mais pas trop. Y en a un qu'est mort comme ça : il avait empilé les couches, trois litres de rhum par-dessus. On l'a retrouvé au petit matin, raide, congelé dans sa transpiration.

Trois heures sur cette marche, à souffler dans mes mains. Je n'ai encore jamais vu quelqu'un faire la manche avec des gants.

J'aurai pas grand-chose aujourd'hui, un jeudi, mauvais, nuit noire dès 6 heures, et les silhouettes furtives se hâtant de rentrer au chaud. Bah, le 24 ou le 31 seraient abondance et rattraperaient les autres jours.

J'ai l'habitude de repérer les visages au loin dans la foule. D'avance, je sais qui va donner, ne donnera pas ; Sylvie, entre mille, je l'aurais reconnue, juchée sur ses grandes jambes. Elle marche vite, elle a froid.

Je me renfonce dans le coin, pourvu qu'elle ne me... Non seulement elle m'a vue, mais elle s'approche, se baisse, me donne une pièce. Sous sa frange blonde, j'ai retrouvé ses yeux verts, ses joues rosies de décembre.

Sans m'avoir reconnue, Sylvie s'éloigne, haute silhouette, fondue dans le reste de la marée. Une larme, une seule, a coulé. Je m'étonne de ce qu'elle ne soit pas glaçon.

Parfois, je me demande où est le fond, que je le touche enfin pour que plus personne ne s'amuse à me rabaisser. Y'a pas de fond, c'est sans fond, Poucette. Ah pardon, ça aussi, je l'ignorais.

Sylvie a disparu, mais pas le froid. Le Froid, nouveau maître qui empêche de réfléchir. Bien plus que l'alcool, il efface la pensée, annihile la conscience. Le Froid, c'est comme l'orgasme : à un moment donné, ça vous inonde, vous submerge, jusqu'au point de non-retour, et je crois que je viens de l'atteindre. Mes dents, mes genoux, tous mes os s'entrechoquent.

Vite, vite, augmenter la température. Que ça s'arrête ou que j'en crève. Je ne marche pas, je sautille, boite. Mes orteils gelés, cartonnés comme le sol, ne se plient plus.

Une entrée d'immeuble. Mes doigts, incapables d'obéir à mon cerveau, ne répondent plus ; je dois composer le code à l'aide du goulot de ma bouteille.

Dix degrés de plus, ici. Un immense miroir reflète un ficus, des boîtes aux lettres avec du doré partout. Assise sur le marbre veiné de rose, une créature aux mains gonflées, aux lèvres violettes.

Je tremble moins. Peu à peu, la conscience lèche mon corps, mon cerveau semble se remettre en route.

Normal qu'elle ne m'ait pas reconnue, tant j'ai

vieilli. Je ressemble à une sorcière sans dents, à la peau marbrée de plaques rouges, aux ongles noirs. Un mois « sans abri » correspond à un « an sous toit ».

Les villes sont maudites. Elles nous transforment en animaux, en rapaces criards, aux ongles et becs noircis.

Sans crier gare, le sang s'est remis à circuler. D'abord ça picote, ça pique, et ça ne va pas tarder à me larder de coups d'aiguille, à me brûler jusqu'à hurler. Un concierge furax a surgi au milieu des plantes vertes.

– Encore toi ! Sors d'ici !

– Ça va, j'ai rien fait, ton immeuble, là, c'est pas Buckingham Palace.

– Fous le camp !

Je prends mon temps pour me relever parce que chaque mouvement brûle.

– Allez, dégage, vite !

Le béton, le dur, le sol ; ça résiste à l'usure, à l'insulte, je m'en fous. Complètement. J'me marre à l'idée qu'il changera encore son code d'entrée que je repiquerai au petit vieux qui vote Le Pen.

– Salut la compagnie, ai-je dit aux boîtes aux lettres et au ficus, gaie tout à coup, à cause de ma dernière rasade de Coco Punch qui m'a fait tout drôle dans le gosier.

Avec ce froid, je bois des trucs qui réchauffent, non, pas du rhum pur, l'autre truc avec de la noix de coco. J'ai pas dit au revoir à ma silhouette tassée dans le miroir.

Dehors, il gèle. Et je retrouve le glacial de ma tristesse, résignée, coupée de la source pure de la douleur, avec uniquement du Coco Punch, de la neige pour la rafraîchir.

Il existe bel et bien deux mondes : le monde de ceux qui possèdent, et l'autre, celui de ceux qui n'ont rien. Mais alors plus rien. Entre les deux rugit le fleuve large et vert.

À un moment de mon existence, j'ai effectué un virage brutal à quatre-vingt-dix degrés, m'engageant sur un pont, je suis passée de l'autre côté. Le seul ennui, c'est que je ne sais plus très bien quand, ni où, ni pourquoi j'ai passé le pont. Et, de l'autre côté... ben, y a plus de pont.

S'il m'arrivait d'en douter encore, les milliers d'humains chaque jour croisés me le confirmaient avec ces phrases prononcées sur tous les tons.

Ton moraliste, le taka :

« – T'as qu'à travailler ;
– T'as qu'à boire moins ;
– T'as qu'à bosser ;
– T'as qu'à te bouger ;
– Enfin, t'as qu'à essayer, quoi ! »

Pour se rassurer :

– « Mais c'est eux qui l'ont VOULU, c'est eux qui l'ont CHOISI ! »

Pure légende. Superbe mythe qui arrange tout le monde. Très franchement, qui peut choisir mépris et boue ? Personne n'a décidé la rue, comme personne n'a décidé d'être alcoolo ou toxico. La seule chose qu'on choisit, c'est de se détruire en étant clodo.

Pour se donner bonne conscience :

– « Si elle peut se payer un téléphone/à boire/à fumer, c'est qu'elle manque pas tant d'argent que ça... »

– « Elle ? Elle a pas l'air d'une "vraie", t'as vu ses habits ? »

Et si on a l'air d'une « vraie », c'est-à-dire qu'on a bu, et qu'on est crade :

– « Donne pas, elle va le boire ! »

Ton réglementaire :

« La mendicité est interdite, ne l'encouragez pas », nasillent les haut-parleurs de la gare.

Comme ces pancartes de zoo : POUR LEUR BIEN, NE NOURRISSEZ PAS LES ANIMAUX.

Ton méprisant :

– « Dégage d'ici, casse-toi, bouge, vire, gicle »..., répètent à l'envi concierges, propriétaires, locataires, sécurité civile, police municipale ou nationale avec leurs chiens luisants comme des rats.

Et la conclusion :

– « On veut plus te voir. »

Ne pas être vu ? Ça ne va pas être difficile, qu'on pense en se relevant, moulue et glacée.

Pervers :

– « Allez vingt euros, j'ai besoin d'amour, un petit câlin, mmmmh ? »

Autre chantage :

– « Je te donne, à condition que... tu ne le boives pas hein ? »

Oh, oh. Je t'demande, moi, ce que tu fais de ton argent ? Toi qui possèdes tout, qui ne manques de rien, ton fric, tu le claquerais pas en vacances pour t'échapper ? L'alcool, c'est pareil, Ibiza tout compris dans une bouteille : à boire, à manger, à se chauffer, et du rêve en sus.

De quel droit un humain en juge-t-il un autre ? Quels critères l'autorisent à se déclarer supérieur à cet autre ? Parce qu'il est propre ? À jeun ? Riche ?

Et cet homme à terre, que tous croisent sans voir, peu importe qu'il ait bu, qu'il soit sale, il reste un humain, un HOMME ! Et ce mot, il faudrait le crier.

Mais les phrases continuent à pleuvoir comme la pluie, la neige, la grêle sur les dos fatigués.

Toutes me feront comprendre que je suis perdue depuis bien longtemps dans cette forêt de sapins aux doigts noirs et crochus. Que les chemins ne mènent nulle part. Que les oiseaux ont mangé toutes les miettes. Et que toutes les histoires, la mienne entre autres, finissent mal.

À la longue, ça use, ça abrase. Papier de verre qui

érafle, écharpe écorche, jusqu'à rendre tout fin, tout fragile, jusqu'à arracher des lambeaux de soi.

Alors, pour ne plus souffrir, il faut se durcir. On dirait que tout l'intérieur passe à l'extérieur pour former carapace.

Si je me durcis, tout en me vidant, je vais peut-être me transformer en un œuf.

Je ne croyais pas si bien dire...

13

Détruire, se détruire puis… découvrir, éclore

Merde, encore des bénévoles ! Ceux qui aident pour s'aider eux-mêmes. Un grand chauve, poli et souriant, affable et distant qui reste toujours très loin des perturbations. Sa compassion, ses fausses solutions, j'en veux pas.

J'oblique dans le terrain vague pour l'éviter. Il ne s'aventure jamais jusqu'ici, il est bien trop peureux.

Les rencontrer, discuter avec eux ressemble à cette gêne physique que l'on éprouve avec un bouton qui gratte ou des chaussures trop serrées.

Non, ils n'étaient pas vraiment méchants. Plutôt de gros chars d'assaut prêts à combattre, pleins de bonne volonté, de maladresse, alors qu'il y avait longtemps que la guerre était terminée.

Planquée derrière la benne à ordures, je les entends s'éloigner, et réprime difficilement la toux qui me chatouille la gorge pour ne pas me faire repérer.

Ah, ils ont trouvé une autre victime, un pauvre Polonais qui fait la manche près du feu. Ils font cercle autour, parlent anglais, allemand, de grands gestes pour se faire comprendre. Le Polonais s'en fout : la manche près des voitures rapporte et il reste près de son feu, à l'orange, au rouge, comme on reste près d'un arbre, en attendant qu'il fasse des fleurs, des fruits.

Après leur départ, le Polonais a continué à passer de voiture en voiture, en se dépêchant avant la tombée de la nuit. Toujours sa tristesse résignée, et son indifférence à l'indifférence, plus abrupte encore. Paroi lisse sans rien pour s'accrocher.

Les bénévoles devraient se poser la question : pourquoi aider ? Et si, justement, on ne voulait pas l'être, aidés ? Si on ne voulait PLUS ?

Je crois qu'ils n'arrivent pas à accepter l'idée, que parfois, il n'y a plus rien à faire. Les voici repartis, béats de leur BA, gonflés à éclater, à crever, comme des raisins, du jus de leur bonne action, de leur générosité. À écraser, oui.

Tap-tap-tap, fait la pluie, puis *tac-tac-tac*, petits coups incisifs, enfin *takatakatak*, mitraillette qui me lacère le dos.

La capuche de mon poncho en laine prend l'eau, mes habits collent à la peau, la peau se tend de froid : ça va descendre sur les bronches. Sûr que j'vais me choper une pneumonie.

« Toux caverneuse », a dit le toubib de Médecins sans frontières, il ne croyait pas si bien dire. Ça résonne là-dedans comme dans une caverne, dans la béance que je suis devenue.

– 'tain c'que tu tousses toi ! Tu t'arraches les poumons, me dit Sam, devant la soupe populaire.

– Ouais et j'ai la fièvre, je crois. Des frissons.

– Ben tiens, prends !

Sam me file un générique de l'Amoxicilline 500.

– Avale la boîte entière, j't'assure ça marche.

Je ne lui ai pas dit que j'avais dans ma poche du Sub huit milligrammes, acheté chez Vincent, pour avoir chaud, pour moins souffrir. Elle m'aurait traitée de tous les noms, clamant que c'était encore une astuce de l'État pour nous ficher et nous faire crever plus vite, avec les abcès que ça file... Avec le Sub, t'es fichée, ils te retrouvent.

– La charité ça pue, dit Sam en soufflant sans vergogne sur la soupe distribuée par une dame dans un ciré jaune luisant de pluie.

– Regarde, j'en ai encore plein le cul, dit-elle en se lançant de grandes claques sur les fesses, les commerçants foutent de la craie pour pas qu'on s'assoie devant leurs magasins. Ils cerclent les bancs de la ville, ratissent tous les squats. On a pas le choix, on se retrouve dans leurs foyers pourris, à trente dans une pièce, pour attraper la tuberculose et leur vermine... De l'extermination, qu'i' font.

C'était assez contradictoire, en effet. Certains voulaient nous aider coûte que coûte, tandis que d'autres ne souhaitaient que notre disparition. Et si nous, on ne voulait ni l'un ni l'autre ? Juste LA PAIX, une p'tite pièce, un p'tit sourire, de temps à autre ?

La pluie refroidit ma soupe à la tomate. Même bouillante, sa chaleur durera dix fois moins longtemps que le rhum ou le Subutex.

Encore un Tranx 50, caché dans ma boîte orange Kinder. Moi aussi, je veux disparaître. Me détruire jusqu'au bout. Ce plaisir que Pap avait de se détruire, s'anéantir, je le comprends. Oui, s'alléger entièrement de l'intérieur, comme ces sacs plastique qui s'envolent, vides et creux.

– File-moi ton pain, Sam, je vais aux canards.

– Prends Bordel, ça la promènera. Et ça te protégera contre l'autre cinglé. Dis, t'as vraiment pas l'air bien, tes yeux, on dirait des étoiles.

Sûr, j'avais la fièvre, un cacheton et deux bons litres de Coco Punch dans les artères.

– Fais attention, fais pas courir ma chienne, elle attend des petits. Tu m'la ramènes dans une heure maxi, sinon...

Me prêter sa chienne, c'était une grande preuve de confiance. Faut dire que j'avais été la seule à aider Sam lors de son traitement de la gale. Un truc très, très pénible ; tous les jours, s'enduire des pieds à la tête, avec un produit nauséabond, même pas remboursé par la Sécu.

Une corolle noire a soudain fleuri au-dessus de ma tête.

– Abrite-toi sous le parapluie, Poucette !

– Où t'as dégoté ton pépin, Norredine ?

– Je vais à la gare aux objets trouvés et je demande s'ils ont pas trouvé un parapluie noir... Toujours un imbécile qui l'oublie dans un wagon.

Je l'aime bien ce gars, petit et malin, comme le Petit Poucet. Enfin, tellement petit que je devais tenir le manche du parapluie.

– Ne me dis pas que tu vas nourrir tes canards avec ce froid de canard, se marre Norredine. En arabe, on ne dit pas un froid de canard, mais un « froid acide ».

– C'est la vie qui est acide, lui dis-je, les larmes surtout.

Ne pas lui parler de chagrin, car il devient intarissable sur la mort de sa femme, Fanissa par-ci, Fanissa par-là.

– Quand elle est morte, j'ai insulté mon père, ma mère, et même Dieu. Puis j'ai demandé pardon à Dieu.

Il me montre la photo de sa femme, mais lui ne la regarde pas, car il se sent encore plus seul. Oh, je comprends, mais moi, je n'arrive pas encore à en parler.

– Poucette, y a quelqu'un qui nous suit depuis une demi-heure, dit Norredine d'une voix peu assurée, et il sort son couteau.

– Encore lui...

Dans son Perfecto que le vent agite, Fred nous pistait à grands pas. Ça n'a servi à rien d'accélérer parce qu'il nous avait presque rattrapés, en soufflant une vapeur blanche de locomotive. On ne faisait rien de mal, mais je me sentais mal à l'aise. Norredine aussi, d'autant que Fred mesurait presque le double.

– Qu'est-ce que vous complotez, tous les deux, hein ? dit-il, regard noir, en arrivant à notre hauteur.

– On parlait de Fanissa, dit Norredine qui s'est senti agressé. Poucette l'est pas à toi ; c'te gonzesse, elle est libre.

– Cette fille, c'est une Française, elle va pas avec les Arabes.

Il a dit ce qu'il fallait pour déclencher la baston ; ça se voyait qu'il n'avait qu'une envie, celle de se battre.

– Qu'est-ce t'as, hein, qu'est-ce t'as ? recule Norredine en pointant son couteau vers le ventre de Fred.

Fred, sourire mauvais, replie ses poings énormes. Il jubile.

– Viens, viens ! On va faire mumuse.

J'ai senti venir le coup de couteau vite parti, l'éventration de nous trois. Ça ne sert à rien, mais j'ai ouvert le parapluie entre les deux. À ce moment-là, Bordel s'est mise à gémir, un gémissement de femme au ventre déchiré.

Norredine c'est un bon gars, il voit bien que l'alcool gonfle les traits et les défauts de Fred, et surtout, qu'avec toutes les épées du monde, il n'aurait jamais le dessus.

– La chienne qui accouche ! Norredine, cours prévenir Sam ! ai-je crié.

Il en a profité pour se tirer sans perdre la face.

Fred siffle :

– T'as de la chance ! La prochaine fois, j't'aurai...

– Qu'est-ce qu't'as raconté à Norredine ? lance-t-il, hargneux.

– Rien, putain, j'te dis, rien. T'sais bien que Norredine a perdu sa femme, et l'enfant qu'elle portait dans un accident de voiture.

Un silence encore, son souffle fort qui dessine une buée blanche.

– T'rends compte le pauvre gars, il n'a plus personne au monde, sauf sa mère qui le traite d'accident de la route !

– Je m'en fous. Ce type n'avait pas le droit de t'approcher, un point, c'est tout. Donne ton sac, je te le porte.

Fred s'empare de mon éternel sac plastique, vide, creux comme moi, qui contenait le repas froid de la soupe « po » : une boîte dorée de sardines, leurs salades de nouilles que personne ne termine, une mandarine et trois petits biscuits à l'amande.

Je ne peux m'empêcher de regarder ses mains énormes sur le plastique, des mains d'égorgeur, de criminel. D'un certain côté, je crois que je préfère sa compagnie, plutôt que de me retrouver seule.

Papillon était morte sans avoir achevé l'histoire de Barbe-Bleue. Il me semblait de façon intuitive que Fred, l'assassin de tant de femmes, devait terminer le conte.

– Tu veux de l'argent, quelque chose ?

Ce mec avait toujours du blé sur lui, sans jamais tendre la main. Écœurant. Une rumeur courait qu'il était fils de gros industriels. D'autres disaient que c'était l'argent gagné par tous ses combats. Papillon, elle, le soupçonnait de braquer les machines à sous la nuit.

– Non, merci, j'ai fini ma manche.

Je gagnais très peu, dix, vingt euros par jour, juste de quoi acheter du tabac et mon Coco Punch. « N'accepte jamais l'argent d'un mec, sinon t'es maquée », disait Pap.

– T'as froid ?

– Non.

– Tu déconnes ! Tu claques des dents, prends mon Perfecto.

– Non merci, je ne veux rien.

– Ah, j'ai un truc pour toi.

Il me tend une « crème nourrissante hydratante ». Les femmes passent leur temps à s'enduire de crème, mains et visage, car le froid les ronge.

Toute crevassée et gonflée d'alcool, ma peau menace de se fendre, mais j'ai refusé. Car je connaissais la provenance du tube Galénic : Vincent les taxait en pharmacie, pour faire son trafic.

– Tu veux... que j'te cherche une couverture, à la Croix-Rouge, un café chaud ? Je ne t'ai jamais vue aussi maigre.

– Qu'est-ce t'as, tu te prends pour un bénévole ? Veux rien, Fred. J'ai besoin de rien.

Ce « besoin de rien », combien de fois l'ai-je entendu ? « Besoin de rien », du moins, pas d'une couverture, ni d'un café chaud. Juste besoin d'être un peu regardée, écoutée, c'est tout.

Le Sub irradie en moi comme un soleil. Envie de voir les cygnes la nuit, leurs taches blanches sur le noir. Comme on s'approche des berges boueuses :

– J't'accompagne, c'est dangereux. Avec la pluie, les eaux ont monté.

Fred a raison, le fleuve roulait des épaules boueuses. Les cygnes, eux, sont ravis : ils n'ont jamais eu autant de vase, ni de surface liquide.

– Fais attention, Poucette, ça glisse ! crie-t-il. Rentre au squat, tu m'inquiètes.

– Non. Au squat y a pas de canards, pas d'histoire.

« Marquis de Carabas », pensais-je, lançant, hop, un bout de pain vers le cygne, tandis que Fred reprenait sa litanie habituelle :

– Les flics, ils ont tellement peur de moi qu'ils s'approchent à quinze. Tu sais comment on m'appelait sur le ring ?

– Lucky Luke, ai-je répondu en me souvenant de Pap, de sa prédiction d'éventration.

– La vie, c'est qu'une question de coups, répète-t-il. Y'a un moment, lorsque t'as reçu trop de coups, tu tombes, tu te retrouves à la rue. Vlan.

Parfois ce type dit des choses sensées, ai-je pensé en

me concentrant pour envoyer ce pain, que seuls les cygnes arrivent à attraper. *Pfeufeu*, soufflent-ils, oui, les cygnes soufflent comme des chiens et remuent la queue.

Le dos musculeux du fleuve se parsemait d'écume qui faisait des taches claires.

– Merde, fais gaffe au courant. Toute l'eau qui s'est évaporée cet été, il faut bien qu'elle retombe. Tout retombe toujours on a c'qu'on mérite. Fais attention, merde ! Tu me fais peur, tu vas glisser.

– Toi ? Qui as peur ?

– Chais pas nager, avoue-t-il.

Lui, alors, les keufs l'approchent à quinze mais il a peur de l'eau.

– Tu sais que tu te fais draguer par un bougnoule, Pierrette. En prison, j'en ai cassé du raton.

Là, il a commencé à me les chauffer. J'ai grogné :

– Je préfère les bougnoules aux meurtriers !

Je ne pouvais l'effacer de ma mémoire la tirant par les pieds, la traînant dans son sang.

– Sans toi, elle vivrait encore.

Il m'a regardée, interloqué. Le réverbère éclairait en pleine face son visage épaissi par l'alcool, sa barbe taillée en pointe qui virait au bleu.

– Fred, tu ne te souviens pas de l'avoir tirée par les pieds ?

Non, il est sincère. Non. Avec tout ce qu'il boit, peut-être ne s'en souvient-il plus. Moi non plus, d'ailleurs. Cela devenait flou, lointain… Peut-être était-ce Loulou ?

Je sais juste – ça, j'en ai la conviction – que sans lui, elle serait encore vivante. Papillon avait raison, ce mec porte le mal en lui. Même son Perfecto fait des mauvais plis. J'ai réprimé l'un des gestes d'humeur que j'ai de plus en plus souvent.

– Dégage, Fred. Va te faire foutre.

– Quoi, quoi, qu'est-ce j'ai dit ? On va pas se quitter comme ça !

Et il s'approche de moi, menaçant. Bordel se lève et grogne.

– Dégage ou j'dis au chien qu'il te foute à l'eau...

C'est que j'ai envie d'être seule. C'est que j'ai envie que personne m'emmerde. Avec l'alcool, la souffrance surtout, ma façon de parler a changé : « Va te faire foutre », c'est pas méchant dans le fond mais expéditif, éclatant de précision. Moins geignard qu'un « laisse-moi en paix avec ma douleur ».

Sa silhouette, son dos voûté, lentement se confondent avec la nuit. J'ai donné encore du pain aux cygnes. Puis, j'ai laissé le courant emporter le sac plastique vide. Jamais vu autant de sacs plastique happés par le fleuve épaissi.

On choisit sa pente. Quelque chose casse, et on se laisse faire, on se laisse entraîner. Ou plutôt, on ne choisit plus : le courant a tout emporté.

Soudain Bordel aboie, aboie comme une folle. Devant la gueule du chien, deux grandes ailes claquent l'air renvoyant un souffle brutal. J'ai vivement tiré sur la laisse. Puis dans le noir, un lourd battement de plumes.

Au-dessus tournoie un oiseau. La tache claire de son ventre dessine une ronde folle au-dessus de Bordel, pattes dressées sur ses pattes arrière.

– Couchée, Bordel ! Couchée ! ordonné-je au chien comme devenu fou.

Il avait mis au jour un nid parmi les joncs. À peine le temps de compter cinq œufs, pressés les uns contre les autres, qu'une lame du courant a emporté le nid.

Je patauge dans l'eau boueuse, me griffe aux branches, tombe dans l'eau, mais je poursuis le nid, tout en faisant gicler de l'eau. Le Sub me vivifie, mes bottes étincellent dans la nuit, j'aurais pu courir ainsi des kilomètres, même déchiquetée par les ronces.

Le fragile esquif progresse assez lentement, ricochant sur les ornières de la rive. Pourvu, pourvu qu'il ne verse pas ! L'impression d'être dans une fête foraine, avec ce fleuve qui ronfle de courant, ce chien et cet oiseau, hurlant l'un sur la rive, l'autre dans les airs.

Un amas de bouteilles a stoppé le nid dans sa course. Les cinq œufs sont intacts. La femelle décrit toujours des cercles délirants dans la nuit noire. J'ai cherché un lieu où ne grimperaient pas les eaux, et placé le nid dans une souche creuse.

– Oh, ils sont là tes petits, je les mets en sécurité.

Mais cet idiot d'oiseau ne comprend pas, et continue à tournoyer en poussant des cris incohérents au-dessus de l'ancien emplacement du nid.

J'ai levé le nid vers le ciel :

– Tes gosses ! I-ci, ils sont i-ci !

Cette femelle ne comprenait rien à rien, et poussait des cris déchirants, entre animal et humain. Voilà comment une mère peut devenir folle : en perdant ses petits. Voilà comment une femme perd la raison et se retrouve à la rue, pensai-je en replaçant le nid à l'endroit initial qui serait bientôt inondé.

Soudain la coquille d'un œuf paraît agitée de soubresauts, puis se fendille pour laisser place à une boule claire et humide.

– Merde ! Descends l'oiseau, t'as un gamin ! ai-je crié en désignant la créature mouillée qui venait de naître.

Là-haut, la mère semble avoir définitivement perdu la boule : elle tourne, tourne, en criant dans son langage oiseau, le même genre d'incohérence que Pap lorsqu'elle avait trop bu.

J'ai haussé les épaules, et je suis allée chercher Bordel attachée au pied d'un chêne. Mais l'oisillon avait déjà quitté le nid et me suivait, ou plutôt, il suivait mes bottes de sept lieues, jaunes et fluorescentes dans la nuit.

– Ouste ! File, chuis pas ta mère ! criai-je aux quelques centimètres de duvet, noyés dans les hautes herbes. C'était exactement la phrase que Papillon me disait lorsque j'avais peur d'être abandonnée.

– *Piiiip, piiiiip !*

La boule jaune se dandine, sur des pattes rose vif, ailes un peu écartées du corps, fixant désespérément mes bottes fluorescentes.

– Putain, qu'est-ce j'vais faire de toi, grogné-je, tout en l'emportant serrée contre moi, et tenant court la laisse de Bordel pour qu'elle ne le dévore pas.

Des visages se penchèrent au-dessus de l'oisillon qui tremblait de froid. Le duvet avait perdu son aspect mouillé, s'ébouriffait comme un nuage doré, avec au centre un ravissant bec rose chair.

– C'est un canard, dit Loulou, toujours aussi simplet.

– Ben, j'vois pas ce que ça peut être d'autre, répond Vincent, qui se fout toujours de tout.

– Mais vous n'y connaissez rien ! J'ai grandi à la ferme, moi, j'vous dis que c'est une dinde ! jette Sam.

– Dinde toi-même ! Qu'est-ce tu veux qu'ça fasse une dinde au bord de l'eau ?

– C'est peut-être un cygne ? demanda Norredine, toujours idéaliste.

– Le bébé cygne et le bébé canard, ils ont la même couleur, sauf que l'bébé cygne l'est plus grand, dit Loulou qui avait grandi près du fleuve.

Cette histoire de caneton et de cygne me fait monter les larmes aux yeux.

– Qu'est-c'y a Poupette ? Pourquoi qu'tu pleures Poupette, pourquoi ? demande Loulou.

Parce que j'entends *Le Vilain Petit Canard*, dernier des sept contes jamais raconté, comme si un chemin était tracé clair, poudreux devant moi. Comme si le destin empruntait toujours les mêmes empreintes. J'ai reniflé un bon coup, c'était plus un conte, mais la réalité.

– Oie, poule, pigeon, canard, ça bouffe quoi ? Des graines comme les rats ?

Car le minuscule bec rose semblait incapable de broyer des graines.

– Du jaune d'œuf ! s'écria Sam, victorieuse.

Tous, nous la regardions, un peu interloqués.

– Si, si ! À la ferme, Papa leur donnait du jaune d'œuf dur.

– Au bar, y en a des œufs durs ! s'écria Fred, pour qui tout était occasion de boire un coup.

Fred paya une tournée générale à tout le monde, et trois œufs durs. Vincent versa deux gouttes de whisky sur la tête du caneton, tandis que je déclarais solennellement :

– Vilain petit canard, je te baptise... Zippo.

14

Résister... lutter

Les premiers jours, je l'avais nourri en utilisant une seringue de Vincent emplie d'une bouillie, faite de pain mouillé et de jaune d'œuf. Zippo salissait beaucoup, et je passais mon temps à changer la soucoupe.

Il marchait avec une drôle d'application, passant le poids de son corps d'un côté, puis de l'autre, pattes roses bien écartées ; émerveillé de découvrir que chaque pas l'amenait, cahin-caha, où il désirait. Zippo me suivait partout, ou plutôt il suivait mes caoutchoucs. Pour faire pipi la nuit, je devais laisser ma botte jaune bien en vue, contre laquelle il se blottissait.

Mars, avril

Printemps, printemps, babillent les bébés feuilles, les bourgeons, tous les premiers-nés, enveloppés comme mon Zippo dans du fin duvet.

Il dormait avec moi, si fragile, si frêle dans son

sommeil. Son duvet vibrait à chacune de mes expirations, me renvoyant mon souffle, plus chaud encore.

Lisse mais dur du bec, souple presque végétal des pattes, soyeux des plumes – tant de sensations tactiles différentes, rassemblées en si peu de surface. Chez le petit enfant, on retrouve aussi cette diversité – fraîcheur de la peau, mouillé des lèvres, poli des ongles et carré précis des dents de lait. L'une des raisons pour lesquelles on aime tant câliner l'enfant et l'animal.

Ça, non, je ne pouvais plus me plaindre de solitude. Désormais, ils étaient deux à me poursuivre, Zippo et Fred. La nuit, je trouvais souvent Fred à mes côtés, en train de ronfler sur le dos. Il ne se rasait plus et sa barbe, bleue à force d'être noire, envahissait son visage bouffi d'alcool.

Pap avait raison comme toujours. Fred était dangereux, genre de mec à aimer les extrêmes, la drogue, les rixes, le sang qui coule, la haine qui hop-là devient amour, et Dieu par-dessus tout ça, qui nous regarde.

Une nuit, sa voix épaissie d'alcool me tira du sommeil.

– Poucette ! J'entends monter les eaux !

– Tu délires, Fred ! Fous-moi la paix.

Il est revenu à l'aurore. Il avait tellement bu qu'il rampait. J'ai entendu son souffle, puis senti le poids de son corps affalé à mes pieds. Un profond soupir dans le noir, une bouteille a roulé encore, un son creux et vide comme lui, puis un autre soupir. Immobile, je fais semblant de dormir.

– Tu fais exprès de me provoquer, tu le sais, hein ?

Il approche son visage du mien. Je sens son haleine caractéristique de clochard, vin et sardine à l'huile :

– Poucette, tu fais exprès de m'affoler, tu sais bien que je suis fou de toi.

Je retiens ma respiration, resserre ma main gauche sur Zippo.

– Tu m'entends ? Je sais que tu m'entends.

Sa main épaisse encercle mon poignet droit :

– Je pourrais t'casser le poignet, d'un seul geste.

Je ne remue pas, plus attentive encore aux mouvements de Zippo qu'à moi-même. Réveillé, Zippo tremble de peur : il ouvre, ferme son œil neuf dans le noir.

– Avec tous les coups que j't'ai payés, tu pourrais, de temps en temps... pour l'hygiène.

Tout à coup, Sam a déboulé, rangers dégrafés, elle braque la lampe de poche sur lui.

– Touche-la et j'te plante ça entre les épaules.

Même avec son sursis sur le dos, Fred savait qu'elle en était capable. Il a bredouillé un juron, a gémi et est reparti se coucher. Puis, j'ai encore entendu un bruit bizarre : il pleurait.

Je crois n'avoir jamais supporté qu'un homme pleure, même s'il veut me briser tous les os du poignet. J'ai pris Zippo avec moi, et je suis allée dans sa chambre qui empestait l'urine.

– Je l'ai tué, je l'ai tué, sanglotait-il.

J'ai passé la main sur sa nuque de boxeur qu'il tenait toujours tendue, prête au combat.

– C'est moi qui l'ai tué, gémissait-il.

J'ignorais s'il parlait d'un homme ou d'une femme. Mais au rauque de ses pleurs, de ceux qui viennent du ventre, je sus que c'étaient des pleurs d'amour.

Alourdis de pluie, les cumulus se déchirent. Au travers de leur brume, apparaissent, disparaissent les morceaux verts du fleuve. Les gouttes ruissellent sur les ponts, les écailles du clocher. Les eaux ne peuvent plus s'infiltrer, et elles glissent sur les parkings, sur le béton – tout ce que l'homme a obturé –, elles fuient vers le fleuve.

Les eaux continuent de monter, gagnant les escaliers du squat. Je dois retrousser mon pantalon pour patauger dans l'eau boueuse. Ça m'arrange, je dois dire, car tous les jours, je mets Zippo à barboter dans l'eau. Et je m'amuse à noter le niveau de la crue sur le mur.

Quand l'eau a atteint la seconde marche, Bordel a accouché de cinq boules blanches. Disposées en étoile dans le panier, elles dessinent les pétales d'une fleur de cerisier.

– Ça devient l'arche de Noé, ici ! s'exclame Vincent, que rien ne peut attendrir, hors lui-même.

Au loin, toujours ce grondement sourd de l'eau, cette odeur de poisson mort et de chaos. À la troisième marche de l'escalier, Sam a paniqué :

– J'ai des gosses, moi, cinq chiots. Ça devient dangereux, j'me casse.

Loulou a tenté de la rassurer : chaque printemps, les eaux montaient, envahissant le bras mort et l'entrée du squat. En mai, les eaux descendaient bien plus lentement qu'elles n'étaient montées, mais elles baissaient.

– C'est marrant, dit Loulou, comme ça peut vite grimper. Mais pour redescendre, ça prend le double de temps.

Si les eaux qui montaient vite avaient décidé Sam, moi, c'est le « temps à redescendre » qui m'a interpellée. Événements, bouleversements de l'existence montent, arrivent, débordent... puis ça redescend, mais toujours lentement.

En pleine nuit, Loulou et Norredine m'ont tirée ensommeillée de mon lit.

– Poupette, faut se casser, les eaux montent.

J'ai vite fait mon sac, Zippo dans ma capuche.

– Et Vincent ? ai-je demandé.

– T'inquiète ! Cet enculé est parti sans nous prévenir. Il a même déménagé son appart...

– Et Fred ?

– Lui, l'est pas rentré de la nuit. Il a dû dormir sur son banc.

Force de la nature, Loulou nous ceinture avec des chaînes à vélo de la chambre de Sam et, s'accrochant aux boîtes aux lettres de l'entrée, nous hale. Norredine, plus petit que moi, pleure de peur car l'eau nous arrive presque à la taille. Pas froide, tiède, avec toujours cette odeur de boue et de bois. Au-dessus, tournoient des hélicoptères, leurs lumières rouges clignotant dans l'eau noire. Des canots nous ont recueillis, nous cerclant de gilets orange.

Le fleuve a la fièvre. Les eaux gonflent, gonflent sous les ponts. Toute la ville est sur le qui-vive, les pompiers rôdent, la gendarmerie prépare des bateaux. On n'a jamais vu ça depuis la dernière crue de 1923. L'eau grimpera jusqu'au tablier des ponts, obligeant des centaines de personnes à se réfugier dans les foyers.

Nous avons dormi avec les autres familles évacuées dans un gymnase. Loulou était ravi. Jamais on ne s'était autant occupé de lui. Au petit déjeuner, lui et Norredine tremblaient comme des parkinsoniens à cause du manque d'alcool. Je ne bois pas assez pour trembler comme eux ; dans un an, peut-être m'éclabousserai-je de café.

J'ai repensé aux eaux qui grimpaient si vite et mettaient si longtemps à redescendre. Combien de temps pour revenir à mon état, mon cours d'eau normal ?

Un médecin examina tous les rescapés. Il eut un regard horrifié devant les jambes de Loulou.

– Enlevez vos chaussettes, dit-il.

– Peux pas, elles sont collées, répondit Loulou.

– Ben, tirez-les !

– Elles sont collées à ma peau.

Hélas, ses chaussettes avaient fondu, s'incrustant dans les plaies violettes de ses jambes.

– Des ulcères de veines, j'en ai vu, mais jamais à un stade si avancé ! Les SDF développent des maladies qu'on ne voit jamais en cabinet, marmonna le médecin. Pourquoi ne vous êtes-vous pas fait soigner avant ?

Loulou haussa les épaules :

– Pourquoi se faire soigner, d'abord ?

– Pour ne pas souffrir...

– Mais, je ne souffre pas !

Loulou voulait dire que la souffrance, la vraie, celle qu'on a dans la tête, était mille fois pire que celle du corps. Ce que le médecin ignorait, ce qu'il ne voyait ni avec ses yeux, ni avec sa science, c'est que Loulou ne ressentait plus rien. La douleur s'était évanouie dans la boisson, les cachetons et surtout le froid, cette souffrance éclipsant toutes les autres.

Une rumeur courait que l'on avait retrouvé Fred parmi les noyés, mais comme ce n'était pas son vrai prénom, personne ne connut jamais la vérité. Ça m'a fait encore un coup et j'ai refusé d'y croire. Non, il avait dû retourner en prison ; il avait trop d'argent sur lui ces derniers temps, un casse encore.

Norredine, lui, a passé toute la semaine à jouer avec les enfants au Monopoly, aux petits chevaux. Puis il s'est effondré en repensant à son fils, Faouzi, mort dans l'accident. Il aurait eu cinq ans dans un mois.

Je me suis aperçue que partout se trouvaient des enfants absents, dont la disparition ouvrait des blessures, plaies pires que les crevasses, les ulcères et les dents en moins. Même ronds comme des barriques, même en lambeaux de came, tous se rappelaient leurs dates de naissance et leurs anniversaires.

– Hé, Loulou, j't'échange le dessert contre tes pommes dauphine.

– Des patates dans du jus de viande, ça fait des années que j'en ai pas mangé ! dit Loulou en mâchant comme un fou sans dents, et il se ressert une portion impressionnante de pommes de terre.

Ce paradis – nourris, logés, chauffés, vêtus – dura quelques jours seulement, le temps de reloger toutes les familles et de rétablir l'électricité.

Puis, on nous mit – très gentiment – dehors, et il fallut trouver un endroit pour dormir. J'ai suivi Loulou qui connaissait la rue depuis son enfance. Il est aussitôt retourné à l'une de ses « places », bien éclairée, donc moins dangereuse, contre l'une des vitres de la gare.

Ce n'était pas propre, ça puait l'urine mais fallait que Zippo soit en sécurité. Et Papillon me soufflait encore à l'oreille : « Ne fais pas ta Princesse au petit pois. »

– Loulou, assure, hein ? Tu surveilles qui vient, quand je pionce, hein ?

– Chuis comme les pigeons, Poupette, dit-il en roulant sa parka déchirée sur des cartons, ils dorment en bande, mais y en a toujours un qui fait la sentinelle. Regarde, c'est celui qui ouvre, ferme sans cesse l'œil.

Si tu t'approches, tu verras qu'i's'passent le mot, et *pof* d'un seul coup, tous i s'envolent.

Sacré Loulou, jamais posé un pied à l'école, mais il avait tiré son enseignement de l'observation des animaux de la rue.

– Dodotte, hein Zippo, dis-je, reprenant les termes de Papillon.

Même en avril, je dois m'emmitoufler dans les cartons, rabattant encore le bonnet, puis la capuche sur mon visage.

Les phases de la nuit varient en saveur, comme celles d'un fruit. Minuit reste une heure chaude si on la compare à celle qui précède l'aurore.

Les passants doivent se demander comment on peut dormir contre une vitre éclairée. Ce qu'ils ignorent, c'est qu'à chaque passage de voiture, les vibrations ébranlent les vitres et nous bercent doucement. Un rappel du ventre maternel.

Loulou avait pensé aux oiseaux, mais il avait oublié les hommes. Un gentil citoyen a composé le 115 et voici qu'on nous réveille à quatre heures du matin.

– Faites chier ! râle Loulou. En avril, vous nous foutez la paix d'habitude.

– Arrêté préfectoral, dit l'homme en bleu. Surveillance accrue à cause des inondations.

Merde, c'que je dormais bien, bercée par les voitures. Un café bien noir, en plein sommeil, merci, fallait pas. Une couverture de survie en alu s'enroule autour de moi, siffle comme un serpent à sonnette, Zippo hurle de peur.

– J'ai un animal, un canard ! Me suis-je écriée.

Hop-là, j'ai échappé belle à la rancœur du foyer. Ils ont embarqué ce pauvre Loulou, à demi ensommeillé, à demi bourré. Plus tard, il m'a raconté qu'il avait été mis au lit à cinq heures, pour être réveillé à six heures trente.

J'ai dû chercher un autre endroit pour dormir. Une fois qu'ils ont repéré un coin, ils reviennent. La gare, c'était pourtant l'idéal, avec chiottes, Photomaton pour se pomponner, invendus des kiosques, et des machines à bonbons partout. Il me fallut renoncer. Les pas, les valises à roulettes terrorisaient Zippo. Dormir dans un train, c'était plus calme, mais fallait pas y compter à cause de la PAF [1] : la bombe lacrymogène et la morsure de leurs chiens auraient pu lui être fatales.

Sur les grilles du chauffage, j'ai retrouvé le prince Salah. Il avait quitté son abri d'été pour les grilles brûlantes du chauffage de la gare. Aussitôt, il m'a proposé une place, mais la chaleur d'au moins soixante degrés ne pouvait convenir à Zippo.

Salah était métamorphosé car il sortait tout droit d'une consultation de dermatologie où il avait été baigné, peigné et... entièrement rhabillé.

– T'es beau comme ça, tout en bleu, dis-je, pour ne pas dire qu'il était ridicule.

---

1. Police de l'air et des frontières.

Il portait un blazer gris chiné, une chemise à rayures bleu marine et, dans un désaccord pitoyable, des baskets à velcros toutes neuves orange et bleu.

Puis j'ai passé quelques nuits à « l'arrache », dans le sas du Crédit Lyonnais, juste en face de la gare. Plantée devant la porte, j'attendais une bonne âme, une femme seule, le plus souvent avec un chien, quelqu'un qui aimait les animaux.

Quand elle sortait la carte de son sac, je lui demandais si elle pouvait me laisser entrer et là, je montrais Zippo. Mon petit canard, lui, sait attendrir son monde : la boule jaune a pris une belle couleur de froment, une zébrure noire raye son œil, lui donnant l'air de jouer à colin-maillard.

Dans le sas de la banque, Zippo dormait, bec sous son aile, moi, nez dans mon coude replié. Immobiles et silencieux, les distributeurs veillaient sur nous, leur grande paupière ouverte dans la nuit.

C'était mon ancienne banque et je sommeillais parmi tous les billets qu'elle m'avait piqués.

Pourtant je dormais très mal, d'une oreille, d'un œil. Car j'avais une peur bleue que Zippo ne rompît son fil à la patte, pire, qu'il se fasse écraser par un taxi. Un jour ou l'autre, je me ferais éjecter par le vigile. La suite – porter, marcher, attendre – je la connaissais par cœur. Il fallait autre chose, mais quoi ?

Quelques jours plus tard, j'ai croisé Sam dans le grand boulevard. On ne pouvait pas la rater : elle avait trouvé un vieux landau anglais, bleu marine, avec des roues hautes comme des camions. Bien propre sous la carriole, elle avait vissé une cagette de légumes.

– 'alut, dit-elle, toute joyeuse, t'as vu que j'lai trouvé mon landau… J'ai tout retourné, la Croix-Rouge, Emmaüs, mais je l'ai enfin trouvé ce putain de landau !

Sam avait surtout trouvé la solution. Rien de plus dangereux pour le propriétaire d'un animal que la maladie ou l'accouchement de celui-ci, qui immobilise en même temps son maître. Alors que la survie à la rue, c'est bouger, bouger sans cesse.

Sous la capote bleu marine, se trouvaient les cinq boules blanches des chiots. Dans le cageot cliquetaient deux biberons en verre, une bouteille d'eau minérale, un pot de lait Gallia premier âge rose ; le tout tintait, tanguait, comme s'il allait se déverser à chaque cahot.

– Ben, c'est sa première portée, elle n'a pas assez d'lait a dit le véto. Alors, je complète moi-même, explique-t-elle.

– T'as revu les autres ? Norredine ?

– Oh, lui, c'est le plus malin. Il a la clé du facteur, celle qui ouvre les entrées. Et un duvet dans chaque immeuble.

Je n'aime pas trop qu'on me parle de clef, je me demandais quand Barbe-Bleue allait s'arrêter.

– Toi, tu squattes où ?

– À l'hôtel.

– Tu t'fous de moi, avec cet engin ?

– J'te promets, Poucette. C'est le Secours catholique qui m'a donné des bons pour une semaine, un hôtel avec un code, un Formule 1. Si tu veux pour cette nuit, je prends une chambre au rez-de-chaussée et tu passes par la fenêtre.

– Non, ai-je dit. Ton chien va bouffer mon canard.

Elle a cligné ses yeux gris, l'air de dire : Toi, tu es sur la bonne voie. Elle sourit, montrant ses petites dents d'ogresse :

– Le secret, c'est qu'il ait besoin de toi. Tout le reste, ça compte pas.

Presbytère, bon. Je veux bien croire au ciel, aux nuages, à l'ombre de leurs ailes sur le sol, mais au Bon Dieu, ça non.

Sœur Julia portait un air absent, de tout anesthésiée ; elle semblait me voir au travers d'un voile. Elle a écouté mon histoire avec patience. C'était la première fois que je parlais à quelqu'un de sa mort. Puis elle a signé pour trois nuits d'hôtel. « La charité, ça pue », disait Sam. Parfois, ça peut aider.

– Bouge pas, hein ! je souffle à Zippo tapi dans mon sac.

De la moquette, je n'en reviens pas... De la moquette qui lèche les escaliers ! Et tout cet air chaud que retiennent les murs ! Juste avant moi, un couple, deux enfants et un caniche frisé attendent l'ascenseur avec la clé magique, celle de leur chambre.

J'ai tendu au type le bon pour trois nuits. Il ne dit rien, ça a l'air de l'emmerder ce contrat passé avec le

Secours catholique. Je devine que c'est le patron, ça se sent à l'agitation, derrière, de la femme de ménage. Une chambre avec baignoire, ça m'arrangerait pour Zippo, mais je n'ose rien dire. La pauvreté, ça rogne, ça rapetisse. Moins on a, moins on demande.

Soudain le caniche a reniflé mon sac de foot par terre et a jappé. Connard de clebs... le pauvre chéri au fond de son sac a piaulé de peur.

Le gars a sursauté :

– C'est quoi encore, la bestiole que vous m'amenez ? Un rat, un hamster, un chat ? Ma parole, j'aurai tout vu, tout vu avec eux !

J'ai ouvert le sac, en espérant que Zippo l'attendrirait. Avec son regard rayé à la Zorro, il aurait fendu le cœur d'un bourreau, mais pas celui de cet homme, gras et rose, nourri au rosbif. Ces hommes au regard vide d'expression, vide de toute humanité, y a que ça dans les villes.

– Un canard ? Mais c'est pas une mare, ici !

Sûr qu'il va me faire le « coup du règlement » me suis-je dit, remettant déjà mon sac sur l'épaule.

Dès que se pointe un SDF, une réglementation s'érige, tout hérissée de nouveautés : au café, payer avant d'avoir vu la couleur de son verre ; au supermarché, ouvrir son sac aux caisses ; quant aux comptes en banque, eux, ils se ferment tous par enchantement.

Et voilà, ça n'a pas raté :

– Ici, les animaux sont interdits, c'est le règlement.

Je n'ai même pas protesté en disant que le couple,

là, avait un caniche. Inutile, je le savais d'avance. Le Règlement aurait trouvé une autre parade, autorisant les animaux à poil, excluant les plumes. De même que les banques soldent les comptes sans prévenir, n'oubliant jamais de prélever au passage leurs agios sur le RMI, interdit ou pas.

Je ne me croyais pas capable d'y retourner, et pourtant, pour lui, si.

Sœur Julia a signé un autre papier, sans demander d'explication. Au second hôtel, le gars m'a donné la clef sans me regarder, mais de ça, j'ai bien l'habitude.

Des portes qui ferment à clef, une salle de bains, et, et... un lit ! Lit, ô lit ! horizontalité, refuge de l'être, lit où je suis née, où j'ai aimé, où je mourrai.

Blottie trois jours sous les couvertures, à faire défiler les chaînes de télévision tandis que Zippo décrivait des huit joyeux dans la baignoire, qu'il s'empressait de rendre aussi trouble qu'une mare. J'ai tenu un bon mois ainsi, alternant sas et hôtel.

Avec Zippo, la manche rapportait le double. Quand tombait une pièce, Zippo se rengorgeait et remuait gentiment la queue, à la façon d'un chien. Les enfants surtout l'adoraient. L'un d'entre eux hurlait d'excitation dès qu'il l'apercevait en sortant du Shopi.

– Ana, ana ! résonnait dans toute la rue.

Sa mère, salopette et cheveux longs, semblait flotter un peu. Elle donnait une pièce, ou bien des cigarettes à bout doré que je fumais tout doucement, en lançant des ronds de fumée, là-haut vers le ciel, vers Papillon.

Le petit, lui, donnait un morceau de son Kinder à Zippo qui appréciait le chocolat. Puis sa mère l'emportait malgré lui, masse hurlante, furibonde, bras tendu comme le cou du canard.

Ensuite, nous allions au bord du fleuve pour qu'il cherche des vers de terre. Avec l'argent de la manche, j'ai pu aller chez le coiffeur, et abandonner mes bottes complètement fichues pour des chaussures en vrai cuir.

15

Se construire... décider

Zippo a grandi vite, si vite... En l'espace de deux mois, il s'est allongé, prenant une forme de flacon précieux. Son plumage a acquis ses couleurs définitives, un vert gazon, un bleu ciel d'été qui semblent couleurs d'un tableau vivant.

Mes yeux ne quittent plus ses plumes, comment décrire ce vert bronze du cou ? Et ce bleu roi, qui recule ses propres limites pour s'iriser d'un mauve profond, à faire basculer toutes les nuits du monde ?

– Il serait de quelle couleur ton papillon ? avais-je demandé à Papillon, lorsque nous étions assises sur les marches.

– Bleu. Un bleu digne des rois dans leur carrosse, avait-elle répondu, plongée dans *Le Chat botté.* Je ne l'ai jamais oublié.

Naïve, je croyais qu'un canard se nourrissait d'algues, enfin de végétaux, comme Sam. J'ai donc cherché dans la librairie où Papillon piquait les bouquins. Je me suis complètement trompée : l'alimentation des colverts se compose en majeure partie d'insectes, d'escargots, certaines espèces migrant vers la mer mangent même des moules.

Pour conserver le bleu roi de son plumage, il lui faut une nourriture spéciale faite d'un mélange de farine d'orge, d'avoine et de soja, à laquelle j'ajoute de l'huile de foie de morue et de la levure de bière. J'achète le tout dans un magasin bio. Ça me coûte une fortune, mais je veux qu'il ait le meilleur. Toute ma manche y passe et il me reste très peu pour mon tabac et mon Listel.

On ne dirait pas, mais ça prend de la place un canard adulte, surtout lorsqu'il ouvre ses ailes : l'envergure atteint la largeur de mes bras, d'ailleurs, j'en suis fière.

Manger dans un foyer avec lui, impossible. Quant à l'hôtel, il ne faut plus y compter... Même si Sam me le passe par la fenêtre, tout, il salit tout de ses déjections, la présence d'eau s'avère indispensable.

Le camping municipal a rouvert près du fleuve. La location d'une tente ne doit pas coûter si cher, me dis-je. Sous une tente, j'ai repéré le Polonais qui faisait la manche près du feu rouge. Une association pour « sans-papiers » leur donne des tentes pour les héberger, en attendant que leur dossier passe en préfecture.

Papillon possédait cet art de projeter ses gestes plus loin qu'eux-mêmes. Souvent, je me demande si elle n'a pas fait exprès de mourir derrière une porte, pour me les faire ouvrir toutes. Car pour Zippo, j'aurais pu taper à toutes les portes.

– Normalement, c'est réservé aux gens de l'Est, dit la fille de l'assoc', une vingtaine d'années.

Elle parle avec beaucoup de gestes, comme si elle était gênée d'elle-même, tirant sans cesse sur son pull, mais elle a des yeux vert jardin.

– Les Français se plaignent que ceux du Kosovo, de Bosnie, leur piquent les places au 115 parce qu'ils ont des enfants. Il faut savoir qu'ils n'ont droit à rien, sans la nationalité française. Pas de RMI, pas une alloc, rien du tout.

J'ai réussi à la convaincre en expliquant que si je pouvais prétendre au RMI, je ne pouvais me rendre nulle part. Zippo était si encombrant que je ne pouvais le cacher dans une capuche, un sac, comme la plupart avec leur rat, ou l'attacher comme un chien.

Derrière la porte, Zippo m'attendait en dénudant la moquette, comme font les canards qui arrachent l'herbe. Délaissé, il a poussé son *kin kin* d'impatience, « Où es-tu, toi ? », et a poussé la porte du bec. Le bleu, le vert éclatent dans la pièce sombre. Une lumière a avivé le gazon vert des yeux de la fille, d'un vert aussi pur que celui de mon Zippo.

Elle a tiré encore une fois sur la manche bleu marine et a dit « oui ». Longtemps que je n'avais pas entendu ce mot.

Pap s'est envolée, mais elle doit me voir de là-haut : au camping, j'ai eu droit à une tente bleu roi, bordée de rose. J'aurais bien dessiné un flamant dessus.

À mes côtés, une tente orange vif à quatre places, sous laquelle cohabitent deux familles de réfugiés politiques, l'une de Russie, l'autre du Kosovo. Elles communiquent difficilement en allemand, et ne semblent pas s'entendre particulièrement.

Par manque de place, la grand-mère, la « Oma » couche sur la véranda. Toute la journée, elle marche cassée, poings sur ses vieux reins, répétant sans cesse : « *Ou minia bolit, ou minia bolit*[1]. »

À l'association ne restait qu'une seule tente, au mode d'emploi en chinois, que personne n'avait réussi à monter. Je ne sais ni comment ni pourquoi, j'ai réussi à la monter, pour la « Oma ».

C'était comme si mes mains retrouvaient leur direction. Les familles m'ont remerciée avec quelques poissons pêchés dans le fleuve et des beignets russes de pommes de terre que Zippo adorait.

Sam me rejoignait au camping, avec les cinq chiots qui gambadaient partout. Elle qui a grandi à la ferme, me donne des conseils pour éduquer Zippo.

– Tu vois, à l'arrière de son aile, le trait noir et le trait blanc, ça s'appelle un miroir, dit-elle.

– Un miroir ? Comme c'est beau, ça.

Depuis la naissance des chiots, Sam a changé ; une

1. « J'ai mal, j'ai mal », en russe.

maturité, proche de la maternité. Elle téléphone à Laetitia, sa fille, tous les dimanches. Elle a même enlevé ses piercings, ce qui lui laisse les oreilles mutilées, comme celles des gros chats tigrés.

Moi aussi j'ai changé, je bois moins. D'abord l'alcool me fait grossir, et puis, ça coûte trop cher. Avec les bons alimentaires de la Croix-Rouge, j'achète des Yop banane que je bois au goulot comme mon ancienne bouteille.

Bon, je tremble un peu, des jambes surtout, je lutte contre la lucidité nauséeuse du manque, mais, quand je regarde le bleu roi des plumes, j'oublie tout.

Zippo et les chiots attirent les enfants de la famille russe : Stanislaw, dix ans, qui ressemble à un génie scientifique avec ses lunettes rondes, ses cheveux rabattus par une raie sur le côté, et des chaussures noires bien trop grandes pour lui ; sa petite sœur, Dacha, qui ne quitte jamais un bocal dans lequel tourne un poisson vert. Parfois, les anciens du squat nous rejoignent.

– Entre les gosses et les chiots, c'est une crèche ici, s'exclame Vincent, ravi de s'apercevoir qu'on peut tout piquer dans les tentes d'un camping municipal.

– Loulou, merde ! Arrête de souffler de la fumée dans le bec de Zippo !

Trafic de Butagaz, vols organisés par Vincent, rouge de Loulou devenu rosé pour l'été, rien n'a changé de leur côté.

Je les supporte de moins en moins : marre de les voir s'emmêler dans leurs propres filets. Je préfère les laisser avec leurs croche-pattes, croche-pieds. Moi, j'ai trouvé le bon fil, et je le tire, tire.

Sam, seule, me comprend. Elle sait que l'on peut exister, se refléter à nouveau, dans le regard solaire et aimant d'un animal.

L'amour-propre, ce n'est pas donné. La vie peut vous le prendre et le confisquer à tout jamais. Et ce n'est certainement pas dans les rétroviseurs des scooters, les yeux vitreux de Loulou, ni dans le reflet de la grosse marmite de la soupe populaire que je le retrouverai.

L'amour-propre, c'est un temple dans lequel il faut venir prier tous les jours. Et moi, je prie dans un temple vert et bleu. Émeraude et saphir.

Zippo a progressé en nage. Avec bonheur, il s'est jeté dans le fleuve au beau milieu d'une flottille de canards, d'oies et de poules d'eau. Toute la journée, c'était des *flflfl*, des clappements d'eau.

Son activité, ses jeux d'eau s'accentuaient le soir, comme la plupart des canards, mais il rentrait toujours vers minuit, ivre de vase et d'algues.

Comme j'avais attendu Pap, j'attendais le retour de Zippo, sous la tente, avec la lune qui faisait des taches bleu clair au travers de la toile. À minuit Zippo abandonnait ses compagnons. Avec un *kin kin* joyeux, il courait vers la tente, déhanché dans son maillot de plumes.

– Vilain petit canard, disais-je. Et j'embrassais, au bout des ailes, son miroir bleu.

Oui, il nageait très bien. Quant à voler, il eut l'air d'avoir appris tout seul, j'ignore comment. Un jour que je faisais des photocopies au bar-tabac, je découvris sa place vide.

Il n'a pas pu aller bien loin, me dis-je, cœur battant. Quelle force dans les ailes, pour arracher ainsi la corde attachée à sa patte. Je l'ai retrouvé chez le droguiste, à côté, sur une pile de paniers d'au moins deux mètres de haut :

– Descends de là !

– *Ka ka*, répondit-il, ce qui signifiait en langage canard : « Je suis bien ici, viens me chercher ! »

Mes mains, ces quelques centimètres carrés de chair, tout au bout de moi – qui jadis tiraient le fil et l'aiguille – touchèrent la logique naturelle et souple de l'osier.

– De la belle vannerie, entièrement faite main, me dit le marchand.

L'idée a traversé mon esprit, mais celle-ci, au lieu de partir, s'envoler et disparaître comme toutes les autres, resta. Comme le miroir de Zippo, plume bleue brillant plus que les autres.

J'ai voulu revoir l'assistante sociale qui instruisait mon dossier de RMI. Le CCAS m'a donné un rendez-vous avec une autre. Non, non, ai-je insisté, je veux la brune, la toute brunie de soleil. À force, je l'ai retrouvée, celle qui avait sa copine dans le Sud, avec la possibilité de l'accord d'une formation payée par l'autre département.

– Pfffou, tresser des paniers... Non mais, qu'est-c'tu t'imagines, ricane Vincent, tu nous refais le coup du Chaperon rouge...

Vincent a encore maigri ; ses yeux trop brillants dévorent un visage devenu osseux.

– T'sais quoi ? ajoute-t-il, je suis retourné au squat pour voir si je n'avais rien oublié.

Et il m'a tendu, ô miracle, l'assiette en morceaux. Cet imbécile est tellement maniaque qu'il l'avait récurée.

– Y'a que six bouts, l'en manque un, s'excuse-t-il.

Évidemment, j'ai voulu savoir lequel manquait ; c'était Hans, petit Hans, enfermé dans sa cage, qui ne pouvait pas en sortir.

– Tu viens ce soir pour l'anniversaire de Roland ?

Comme d'habitude, l'alcool et la poudre couleraient à flots. Ils se rancardaient tous à dix heures devant l'église. J'ai regardé mes mains aux ongles noirs, comme si je venais de creuser ma tombe.

– Non.

Sur le fragment du centre, l'œil apeuré du Petit Canard me fixe, terrorisé ; le noir de la pupille projette en moi toute sa peur, sa fragilité soudaine de caneton sorti d'un œuf.

Alors, j'ai repensé à Papillon, à toutes les histoires qu'elle m'avait racontées.

Face à tous les rois qui gouvernent le monde, je me

suis faite marquise de Carabas. Comme le Petit Chaperon rouge, je n'ai pas suivi le mauvais chemin ; je ne me suis pas piquée au fuseau de la Belle au bois dormant.

Dans le dédale des papiers, j'ai retrouvé mon chemin, en Petit Poucet aguerri. Et, pour sortir vivante de la cage de la sorcière, j'ai tapé, bon sang, aux portes. À toutes les portes. Et je les ai ouvertes.

Inscrite, je suis inscrite. Voilà, c'était possible : le Conseil général du Vaucluse prendra en charge la formation, le CCASS paie le trajet, l'ANPE l'hébergement là-bas : le dossier est ficelé. Ça commencera début octobre, dans une semaine.

Le Vilain Petit Canard peut devenir cygne.

Un ciel d'octobre, particulièrement doux, qui invite au vol frais et léger. Caparaçonné d'émeraude et de saphir, Zippo étincelle de tous ses feux sur l'eau. Ce qu'il est gros, ce qu'il est beau, et surtout, ce qu'il mange... !

– Passe son temps à casser la graine, ton zoziau, plaisante Sam, tandis que j'occupe mon temps à lui préparer des gâteries avec des escargots et des orties pilées.

– Il doit faire des réserves, ajoute-t-elle de façon plus sérieuse, levant les yeux vers les lignes noires des ailes qui tournent en cercles concentriques, au-dessus de l'écluse.

À chaque clappement d'ailes venu du ciel, Zippo tend le cou, lève son bec et bat légèrement les siennes comme s'il voulait partir avec eux. Merde, j'aurais dû écouter Sam, j'aurais dû les lui « éjointer » lorsqu'il était caneton.

« Partez avec nous, partez avec nous ! » disent leurs cris, là-haut dans le ciel.

– Ne fais pas le fou, Zippo. Là-bas, tu auras à souffrir de la faim, du froid.

« Nous allons vers le sud, nous allons vers le sud ! » répètent, lancinants mais pleins d'espoir, les cris dans le vent.

– Zippooooooooo...

À l'appel de son nom, Zippo répondait en se dandinant sur ses pattes orange, flambant neuves.

– Zippooooooooo...

Non. Il flotte maintenant parmi les autres, échangeant des coups de bec, de plumes, partageant le même sillage triangulaire.

Il dédaigne même mes escargots pilés. Pour se nourrir, il plonge à la verticale dans l'eau, laissant dépasser – telle la proue d'un navire – le trait bleu qui longe l'aile et la pointe blanche de sa queue.

Zippo n'a plus besoin de moi. Des humains, il a tout oublié, et j'aurais du mal à lui en vouloir.

Je dois partir demain. J'ai acheté une cage, mais c'est en vain que j'ai appelé Zippo. Me répondent juste les joncs qui se balancent dans le vent, leurs cercles concentriques dans l'eau.

Que je ne suis plus dans un conte de fées, je le sais bien. Zippo ne s'est pas transformé en cygne, il s'est ENVOLÉ. Voilà.

Ceux que j'aime sont au ciel, avec leurs ailes : lui, ma mère, Papillon, Zippo. Et moi par terre.

Tiens, ai-je pensé machinalement, pour une fois, je pourrais prendre un repas chaud au foyer. Des semaines que je n'y allais plus à cause de ce canard, de ses ailes immenses sur le plateau-repas.

Un début de gel fendille le ciel bleu clair d'octobre. Saloperie de froid qui oblige les arbres à se dépouiller de leurs feuilles. Saloperie de froid qui oblige les oies cendrées, les canards, à voler en V.

Je viens de passer devant le restaurant. Déjà fermé, ça s'arrête à 18 heures ces trucs-là, un goûter qu'ils nous donnent pour passer la nuit dehors.

Dans le Shopi, j'ai acheté une belle bouteille de Bailey's bien crémeux à quinze euros, bien alcoolisée. Au point où j'en suis, hein, tant pis pour l'argent mis de côté pour le voyage, ai-je pensé en essayant d'ouvrir cette putain de bouteille avec le peu de dents qu'il me reste.

La silhouette accablée sur des béquilles, je ne l'ai pas reconnue, seulement sa parka :

– Loulou ? C'est bien toi ? ai-je demandé en posant une main sur ses épaules, lesquelles se trouvent à présent à ma hauteur.

– C'est moi, Poupette.

– Qu'est-c'qui t'est arrivé, pourquoi des béquilles ?

– Je sors de l'hosto. Un camion, Poupette, il m'a renversé, col du fémur cassé.

Loulou, l'édifice de muscles qu'on appelait dans toute la ville pour « ouvrir » un squat, le voici écroulement, éboulement, sur deux béquilles, affalé.

– Poupette, j'ai mal, dit-il en réprimant une grimace, en posant le pied du côté de la hanche opérée.

Si lui, qui se promenait en tee-shirt en plein hiver, se plaignait, c'est qu'il devait atrocement souffrir.

– Merde, c'est trop loin le foyer, je m'assois là, dit-il en tâtonnant de sa main à l'arrière, et il se laisse lourdement tomber sur la marche.

– Mais ton foyer va fermer ! Tu vas pas dormir ici, sous le porche ?

– Pour bouffer, c'est là-haut, le temps que je monte, que je redescende, tout est fermé. Comment tu veux que je fasse ? Un jour, je mange à ma faim. Une nuit, je dors dans un lit, on a jamais tout. Pas vrai, Poupette ? Rien à faire, rien à faire...

« Rien à faire » car il avait marché sur la prothèse, juste au sortir de l'hosto, et avait tout écrabouillé.

– M'ont donné leurs boîtes de sardines, t'en veux Poupette ? dit-il, levant vers moi son regard tendre d'enfant de la rue.

– Tu veux que j'te relève, Loulou ?

Je le soulève, mais impossible.

– Laisse, j'ai mal.

La douleur déforme son visage, mais la résignation est bien pire encore.

– Loulou ? Loulou ?

Sa tête s'est inclinée sur le côté et Loulou a sombré, dans le sommeil et le vin. À ses côtés, la boîte ouverte crache, ensanglantée, tout son rouge.

Je serre fort mon poncho rouge contre moi, et je marche, je marche vite. « Celui qui ne peut pas marcher, il crève », disait Papillon, elle avait raison, elle a toujours raison.

Mon Zippo, à quelle hauteur peut-il se trouver ? J'imagine les ailes dessinant deux battants de plumes, et au bout du cou vert tendu par l'effort, un bec jaune fendant l'air froid.

Misérable, je lève les yeux vers le ciel, mais je ne vois que l'énorme nuage de la nuit qui assombrit la ville. Les reflets chétifs et souffreteux des réverbères tremblent dans l'eau. Tout n'est que reflet, apparence. Vitrine, illusion, désillusion.

Rien, on n'attrape jamais rien, on ne possède rien. On pense, on croit avoir, puis tout se dérobe, tout lâche, tout fuit.

– Ouououou, Poucinou.

Sur les grilles de la gare, dans une vapeur brûlante, Norredine, en chemise à gros carreaux rouges, le visage aussi écarlate que sa chemise :

– Tiens, prends un carton, ma cop'. C'est chaud.

Il devait faire trois degrés dehors, mais sur les grilles, en quelques secondes, la température passait à soixante-dix degrés. Le souffle du chauffage, comme celui d'une bouche d'enfer, soulève mes cheveux. D'ailleurs, tellement chaud que Norredine a sorti une poêle de son sac et a cassé un œuf.

La rue, c'est comme ça, les extrêmes. Tout en bas, puis tout en haut. En bas, comme le sol sous mon dos, en haut comme les étoiles au-dessus de ma tête.

Tandis que l'œuf siffle, je dispose les cartons en éventail pour éviter de me brûler.

– Si tu veux, tu peux dormir ici, dit Norredine, mais je te réveillerai à sept heures. Chez nous, on cache les choses laides aux enfants. Tous les matins, je roule mon matelas, mes cartons, et je me cache là, derrière l'église, pour que les petits enfants me voient pas sur le chemin de l'école. Mais c'te chaleur, c'est pas bon pour ton canard, où qu'il est ton volatile ?

Pas la bonne question, aussi n'ai-je pas répondu en épongeant l'œuf chaud sur le pain. Bon sang, j'avais tellement faim que je ne m'en rendais plus compte.

Au bout de dix minutes, l'enfer de la chaleur m'a brûlé les pieds et j'ai dû enlever mes mocassins. Norredine, lui, a retroussé son jean, laissant voir de minuscules pieds roses de bébé, que l'alcool potelait.

– File-moi ton couteau que j'ouvre mon Bailey's. 'tain, on va crever ici, c'est bouillant tes grilles. Si tu t'endors bourré, tu vas te faire cramer comme Salah.

Ah, qu'est-ce que j'avais pas encore dit ? Norredine

fronce les sourcils, ouvre son walkman, enlève les piles, les replace. Soudain, il me fait un délire :

– Mon couteau, l'est sous terre avec les morts, mon couteau, l'est au ciel, marmonne Norredine en fixant ses pieds nus.

Non. Il n'a pas ses yeux de fumette, ni de cuite, alors ?

– C'est quoi, c'délire ? Qu'est-c'tu fous, ici, à te faire cramer comme une crevette ? T'avais pas la clef du facteur, toi ? me suis-je souvenue.

– Je suis sur la place de Salah, comme toi t'étais sur celle de Pap.

– Et Salah, l'est où ?

– Avec mon couteau. Sous terre.

Ses yeux, embués de larmes, paraissent encore plus gros. Je n'ai rien dit ; je le regarde en coin : les hommes pudiques, c'est très fragile, faut laisser venir.

– Raconte, Norredine.

– Salah dormait ici, sur les grilles. Y'a une semaine a eu lieu une embrouille avec des Corses. Les bastons, on les faisait ensemble. Je lui avais passé mon couteau, lui, il était devant, il donnait les coups, c'est un harki, il a plus l'habitude que moi. Moi j'étais derrière, pour le rattraper quand il tombait. C'était notre technique. Salah a filé un coup de couteau au Corse, il l'a presque éventré, et on s'est enfuis. On a fêté ça, on a bu comme des mécréants. J'ai oublié de reprendre mon couteau, celui de mon grand-père, qu'a fait la guerre d'Algérie. J'aurais jamais dû : ça lui a porté la scoumoune. La lame avait fait couler le sang français, et Salah il avait fait couler le sang algérien, ça a fait un remous pour le destin.

Égoïste, je sais, mais il m'a semblé entendre la dernière carte de la prophétie de Papillon ; celle du chemin, du destin.

– Alors, alors ?

– Ivre mort, Salah s'est endormi dans une benne. Le lendemain, un camion à ordures l'a ramassé, il est mort éventré.

– É-ven-tré ?

Norredine ne répond pas. Il pleure, pleure, sans renifler, laissant juste s'écouler les larmes. Les unes après les autres, les gouttes tombent sur les grilles avec un doux *kshh, kshh,* aussitôt envolées en vapeur de larmes vers le ciel.

Dans cette chaleur de braise, de fin du monde, en vain ai-je tenté de le convaincre que ce n'était pas sa faute, mais celle des hommes, du destin, des guerres.

Norredine, p'tit Norr'dine, lui, entendait rester sur cette place afin que le couteau ne porte pas la scoumoune, que les hommes ne se battent plus.

– Les histoires, elles finissent, Poucette. Mal, bien, mais elles finissent toutes, dit-il en coiffant son casque de walkman – ce qui était chez lui de bon augure.

« Fais pas comme moi, Salah est mort, ma femme et mon fils sont morts. Tous partis sans moi. Si tu pars, va juste dire au revoir.

Loulou, enfant de la rue, paralysé. Salah, prince du

désert, éventré. Fred, marquis de la boxe, noyé. Faut-il que je me résigne ?

Oui, se résigner à tout ça ? Aux poubelles ouvertes, à l'écartement denté des boîtes de conserve, à celui du ventre des hommes ? Aux moineaux affamés, aux ivrognes morts de froid, aux mains gelées ? Aux enfances ratées et écrasées comme les chats et les chiens ? Au goudron, à tout le goudron ? Oui, non ?

Non.

J'ai marché, enjambant les bras du fleuve. Je n'étais plus que cela, bras, jambes en fuite. Je me suis assoupie quelques heures, près d'une station de taxi, dans la lumière des phares. En cas de problèmes, ils appellent toujours.

À l'aube, j'étais devant les murs pâles du cimetière. C'était la première fois que j'y retournais depuis sa mort. Ces rectangles blancs, ces hautes croix dressées, ces allées qui craquent sous les pieds, tout cela n'est pas si triste, me dis-je, en cherchant l'emplacement de sa tombe.

C'est ici. Cette plaque blanche de rien du tout, c'était lui. Tout ce qui en reste. J'ai posé la main sur la pierre : froide et lisse, si lisse.

Depuis sa mort, c'est vrai que ça a dérapé, glissé, glissé, une vraie patinoire, un toboggan géant. Cela m'était égal ; je me disais toujours qu'il allait me rattraper au dernier moment, avec ses moufles rouges.

Je crois que je suis train de comprendre qu'au bout du toboggan, il n'y a personne.

– Donne-moi un signe, ai-je dit.

Un rayon levant s'est enhardi sur la plaque, et fait étinceler le M de son initiale. Un signe. Quelque chose, comme une membrane, s'est déchiré. Les larmes ont jailli de la coque qui les emprisonnait. Verser autant de larmes, en si peu de minutes, cela ne m'était pas arrivé depuis que j'étais bébé.

Puis je suis retournée vers l'écluse. Ô Norredine, si je le pouvais, j'embrasserais tes pieds roses de bébé, car Zippo était là. Il m'attendait. Sous le pont, il décrivait des huit impatients verts et bleus, lançant de fébriles *kan kan* qui signifiaient « enfin toi, t'es là ! »

Le chapeau de cuivre de la gare rayonne dans le ciel clair. Alignés, les trains convergent vers l'horizon inconnu. De la chance, c'est le train bleu, celui qui va vers le Sud, avec ses wagons de rêves accrochés les uns aux autres.

Au cri du sifflet qui scie mon crâne, j'ai manqué descendre du marchepied. Mais Zippo a donné un coup de bec jaune contre mon nez et j'ai laissé s'ébranler la gare, la ville.

Vraiment, ils avaient bien fait les choses, le billet de train, l'hôtel réservé là-bas, et même un supplément pour animal.

Derrière la fenêtre, un remorqueur rouge tire lentement mais sûrement une grosse péniche noire.

Zippo s'agite, refuse la cage, bat des ailes et éborgne le journal de mon voisin.

Alors, pour le calmer, je chuchote à ce qui pourrait tenir lieu d'oreilles :

Conte d'asphalte

– Imagine... que tu voles vers le sud. Vue du ciel, vue d'oiseau, c'est une ville moyenne comme les autres, avec le trait vert du fleuve, des rats et des canards sauvages...

En hommage

Amour-sur-Pattes, Café Saint-Jacques, Café au Quai, Croix-Rouge, Dacha, Emmanuel, Fennec, Fofo, Kosette, Gaston K, Géraldine, Gustave, Gilbert « de la poste », GCS, Joseph, Kamel, Karine, la Ville de Metz, Lionel, Librairie Hisler-Even, Linda TC, la fille en salopette, Mathilde Decheppe, Mehdi, Marie-Christine G, Marc L, Malek K, Mona C, Phosphi, Soupe populaire, Raymond, Reda, Rado, Restos du cœur, Sœur Lucienne, Salah, Sandra, Saïd, Sylvie G, Tatiana, Titi, Stéphanie, Xavier

Je remercie tout particulièrement mon ami et auteur, Paul Halter.

Ce livre a été publié avec l'aide du Centre National du Livre.

DU MÊME AUTEUR

PAUL ET LE CHAT, Mercure de France.

FLEUR DE PEAU, éditions Héloïse d'Ormesson.

www.anne-calife.com

Composition IGS
Impression : Imprimerie Floch, janvier 2007
Éditions Albin Michel
22, rue Huyghens, 75014 Paris
www.albin-michel.fr
ISBN : 978-2-226-17680-6
N° d'édition : 24885. – N° d'impression : 67346
Dépôt légal : février 2007
Imprimé en France.